文春文庫

太陽と毒ぐも

角田光代

文藝春秋

太陽と毒ぐも　目次

太陽と毒ぐも

サバイバル

風呂に入らないで平気な女がいるなんて考えたこともなかった。最初、冗談かと思ってた。そういう女って、よくいるだろ、そういうへんなこと言って、自分は人と違うんだって主張するようなさ。そういうのだと思ってたんだ。

でも、キタハラスマコは本当に風呂に入らない。そりゃもちろんまったく入らないわけじゃなくて、入りはするよ、一週間に二度くらいはね。それでもまあ、最初はそれもおもしろかった。マジだよ、風呂に入らないで平気な女が本当にいるよ、って、健吾やうっぴーにも話したくらいだし。なんていうか、ワイルドでたのもしい感すらあるよ、なんて言ってたっけ、おれ。ワイルドでたのもしいっつったってさあ、何もゴルバンサイハン山地の彼方《かなた》とかで暮らしてるわけじゃないし、だれもたよりになんかしないんだから、いいんだよべつに、そんなの。って、今は思うけどね。

九時に早番を予定どおり終えて店を出、待ち合わせ場所に向かいながら、おれはつい考えてしまう。今日は風呂に入ってるか、入ってないか。入ってないとしたら何日目か。祈るようにすがるように考えながら、駅までの道を急ぐ。下り電車がくるというアナウンスを聞いて二段とばしで階段をかけあがり、ホームへの階段をかけおりる。梅雨明け宣言はまだ出されてないけれど、ここんとこずっと夏日だ。ホームの階段を上り下りしただけでTシャツは濡れて背中にはりついている。まばらに人のいる電車に乗りこみ、その涼しさにほっとする。

そう、もう夏なんだ。少し走れば汗だくになるし、汗だくになれば人はにおうんだ。生まれたばかりの赤ちゃんだって大便なんかしそうにない美人だって、汗をかいてそのままにしていたらにおうんだ。キタハラスマコはどうしてわからないんだ？

しかし、今日はアタリだった。待ち合わせの飲み屋にスマコは先にきていた。ぎゅうぎゅうに人が座っているコの字型のカウンターで、懸命におれの席を確保してくれていて、そこに座ると自動的にスマコとぴったり密着せざるを得ないのだが、なんのにおいもしない。キョウちゃん、ビールでいい？ おにいさん、ビールふたつください、片手を大きくあげてスマコは声をはりあげるが、やっぱりなんのにおいもしない。大きく息を吸っても入りこむのは、たちこめる焼き鳥と煙草のにおいだけだ。

「スマちゃん風呂入ったんだ」

安堵《あんど》のせいか思わず言う。おれの勘では今朝入ったんだろう。よく、動物の糞を見て、生態をあれこれ分析したりするだろ？　そんなふうに、最近おれ、キタハラスマコの隣に座っただけで、風呂初日か、風呂一日目か、風呂二日目か、ほぼ完璧にわかるようになった。

「何よう、会うなりそんなこと言うかなあ。キョウちゃん、おなかすいてる？　かしらとレバーと、軟骨つくねをさっきたのんだんだけど、水餃子もたのむ？」

スマコはおれをのぞきこんで笑う。おう、たのもうたのもう、おれは言い、運ばれてきたジョッキで思いきり乾杯をしてビールを飲む。店は混んでいて、おれらは耳と口を交互にひっつけあうようにして話さなければいけない。スマコの長い、橙《だいだい》色の髪からはあわくシャンプーのにおいがする。スマコは去年、二年勤めた雑貨屋をやめて、今は、家具づくりの専門学校にかよいながら、自宅で雑貨輸入の手伝いをしている。スマコは昼間の学校のことについて話し、今日引き受けた仕事についておもしろおかしく話す。そしておれに今日一日がどんなだったか訊《き》いてくる。おれはシャンプーのにおいを嗅《か》ぎながら、とくべつおもしろくもなくふだんどおり過ぎていった一日を、スマコの耳元で話す。スマコが笑い、あれこれ冗談を言うと、そんな一日もそれなりにおもしろかったように思えてくる。

いっしょに暮らしたらたのしいだろうなって、こういうとき思う。仕事を終えて、待ち合わせて、軽く飲んで日々のちっぽけなことを話して、笑って、いっしょに帰って眠る。いい生活だと思うよ。つきあって最初のころは、しょっちゅうその話をしてた。交際当初の独特な高揚で、どっちかのアパートの更新時期がきたら、更新せずに引っ越していっしょに住もうって、幾度も話しあった。それまでおたがい金貯《た》めようって。休日に、いろんな町の不動産屋をのぞいて歩いたりもした。引っ越すのはまだ無理なのに、新婚をよそおって空き部屋見せてもらったりね。

飲み屋から十分ほど歩いたところにスマコの家はある。十二時を過ぎて、おれらは馬鹿笑いしながらしずまりかえった住宅街を歩く。去年の年末くらいまでは、いつも手をつないでこの道を歩いていたけれど、最近は手はつながない。手なんかつながなくたってだいじょうぶになった。糞つまんないことを口にしたのにスマコはのけぞって笑い、笑いながらおれに体当たりしてきて、体当たりしかえすとスマコはかんたんに転んでしまう。転んだ姿勢のまま、空に顔を向けて、まだげらげら笑っている。それでおれも何かおもしろくてたまらなくなって、げらげら笑う。おれたちの頭の上で月は見事なくらいまるい。やるには飲みすぎた、と笑いながら思う。せっかく風呂初日なのに。

キタハラスマコがずば抜けてずぼらであると気づいたのは、つきあって半年すぎたあたりだった。それくらいまでは、スマコもスマコなりにがんばっていたんだろう。恋は盲目ってわけじゃないけど、おれもよく見えないようなところもあったしね。

へんだな、と最初に思ったのは忘れもしない、去年のゴールデンウィークだ。はじめて二人で旅行にいったんだ。五泊六日でバリ島。サヌールに泊まってさ、海はそんなにきれいじゃなかったけど、ビーチスポーツがけっこうあったからたのしめた。最終日は午前早くに出発で、寝ぼけ眼《まなこ》のまま空港に向かって、機内で爆睡しておれんちにいっしょに帰ってきた。帰ってから少し仮眠をとって、二人で回転寿司食いにいったんだ。南口の、天下一。うまい、うまいって泣くいきおいで馬鹿食いして、一晩うちに泊まってスマコは帰っていった。スマコが帰ったあと、その日はおれバイト遅番だったから、昼すぎに起きて、そんでそんとき、ベッドに藻《も》が落ちてるの見つけたんだ。藻だぜ、藻。藻だけじゃない、砂と枯れた色の草。最初なんだかわかんなかった。はたと気づいて、前の晩スマコに貸したTシャツを見てみたら、藻と砂と枯れた色の草が少し、内側についてた。

どういうことだかわかる？　スマコ、木曜日一日サヌールの海で遊んで、砂浜に寝転がってはしゃいで、そのままシャワーを浴びずに寝て、早朝シャワーを浴びないままチェックアウトして空港にいって、バリ産の藻だの砂だの背中にびっしりはりつけたまま飛行機乗って、うちで昼寝して、回転寿司食べて、さらにシャワーを浴びずに眠って、シャワーを浴びずに帰った、ってことだよ。インドネシアから藻を持ち帰ってきたら検疫でひっかかんないの？

どうやらウケねらいでもおふざけでもないらしいスマコの風呂嫌いとか、洗濯嫌いとか、手入れ嫌いとか、そういうのがあんまりおもしろく思えなくなってきたのは、それからかな。

ある種の女子には眉をひそめられることをわかってて言うけど、おれ、女の人に脇毛とか生えないとマジで思ってたんだ。体臭とか、脂分とか、臍《へそ》毛とか、無縁なんだと思ってた。それというのも、中学のときに死んだおれのおふくろが、スーパーウルトラきれい好きだったからで、やつ、おれらが朝五時とかに起きてもぴっちり化粧して起きてたし、肩からブラジャーのひもが見えたり、すね毛生えてたり、そういう隙《すき》みたいの、全然なかったんだ。ちょっと記憶に幻覚入ってっかもしんないけど。あとはずっとひたすら、オヤジとアニキとオトートとおれ、むさい男所帯で、しかも、まずいことにおれの高校男子校だったんだ。それではじめてつきあった女の子も、そのつぎの弓ちゃんも、スーパーウルトラ系だったから。そっち系しか、女の人知らなかったから、しょうがないっちゃしょうがないんだ。

弓ちゃん。弓ちゃんとは一年半つきあった。なんていうか、話しててもつかみどころがないっていう印象がいつも残った。自分の意見があんまりないんだな。人がこう言ったとか、テレビでこう言ってたとか、ものすごくあたりさわりのないことを言うわけ。弓ちゃんかわいいし、そんなことはまあ、べつにどうでもよかったんだけど、独占欲が強いのにはまいった。しかもどんどん強くなる。この人、その中身のほとんどがテレビと人の意見、あとはおれが浮気してないかってことだけなんじゃないかって気がしてきて、ちょっとうざくなっておれから別れたいって言い出したんだった。

でも今、すげえわかることがある。弓ちゃん、並々ならぬ努力をしていたんだなってことだ。おれなんかのためにさ。べつに、弓ちゃんをなつかしんだり、未練持ったり、っていうんじゃ断じてない。なんていうか、本当に、衝撃的な発見に近い。

つきあっているときはなんとも思わなかったけど、あれは努力以外の何ものでもない。のびすぎてることも嚙《か》んでがじがじのこともなく、いつだってきれいな爪しててさ、タンクトップやキャミ着るときは肩ひもなしのブラジャーしてさ、脇もすねもつるつるで、いつもいいにおいがしてたのは、シャンプーだろうとばかり思ってたけどそうじゃない、なんかもっとさりげない香水で、かかとなんかも、ふわふわだったもんな。髪型もいつもばっちりきまってて、寝癖もなく、茶髪のとき頭のてっぺんだけ真っ黒になることもなかった。夏でもずっと色が白かった。

自然にしていたらあんなふうには絶対ならないって、キタハラスマコがその日常で教えてくれたよ。脇毛は生えて、すね毛も臍毛も、下手したらひげまで生えて、眉毛は多すぎるか少なすぎるかのどっちか、風呂に入らなければ髪は脂ぎるし、すえたようなにおいがしはじめる、顔は洗わなきゃ脂でてかって、だんだんくすんだ色になってくる、服だって着続けてれば黒ずんで、醬油のしみだってつく。日に焼けてそのままにしておけばいつかしみになる、爪も手入れをしなければ垢《あか》がたまる。男とまったくおんなじふうに。

でも、男だって少しは自分の体に気をつかうぜ？

八時ごろ健吾がひとりで店にやってきて、入り口から一番遠い隅《すみ》っこの席に座り、注文を聞きにいったらいきなりオンナと別れた、と言う。飲みにきた友人と長時間の私語禁止というのが店のルールにあるが、その時間にしては店は空《す》いており、店長もカウンターのなかでテレビを見上げているから、

「なんでまた」柱によりかかりおれは訊く。

「やっぱあのダサさにはついていけない、そういう結論になった。ビールと、串盛りちょうだい」

「結論になったって……おまえ、めろめろだったじゃん」

「まあな、その点だけのぞけば問題ないっすよ、おれ、マジメロだったしなあ。でもなあ……とりあえずビールちょうだいよ、今日は酔っぱらうから」

おれはカウンターに入り、注文を店長につたえ、冷やしてあるジョッキにビールを注ぐ。カウンターに座っていた二人組の中年男が、テレビ画面のプロ野球を見て歓声をあ

げ、つられてアルバイトの吉永さんも盆を抱えたまま画面に見入っている。店長までが数本串を手にして口を開けテレビ画面を眺めている。おお、こりゃいいね、景気づけにおねえさん、冷や酒たのむわ、あとぬたとモツ煮ね、中年男が言い、吉永さんがテレビ画面を見たままカウンターに入っていく。ちらりと健吾を見る。健吾だけがテレビとは無関係に、ぼんやり宙を見て座っている。

健吾の恋人はどこだかの女子大にかよう学生で、ハッシー企画のヤリコンで知り合ったらしい。なんかの間違いでその場にきたように地味だった女が健吾となぜかうまくいった。健吾はすげえもりあがってた。ニンゲンやっぱタマシイよ、とか、服装ばっか気つかうのは容姿に自信がないやつだけ、とか、急に熱く語り出したもんな。おれも数回会ったことはある。顔はかなりきれいな部類だけれど、でもたしかに、着ているもののセンスがめちゃくちゃだった。一番すげえと思ったのは、胸ポケットにドラえもんのプリントがついたTシャツに、どこで売っているのか首をかしげたくなるようなシースルーのジャージをはおり、ストーンウォッシュの先がすぼまったジーンズであらわれたときで、それ、ギャグとかじゃなく、本気なんだ、ドラちゃんも含めて、全部。健吾はさりげない格好をいつもしているけれど、じつはおれらのなかで一番のお洒落さんだから、いっしょにいると、へんな組み合わせだなってだれもが思う二人ではあった。格好のせいで、健吾より五コも若い彼女がおねえさんか母親で、健吾は家族思いの弟か息子、って風情《ふぜい》だった。

「でもさ、着てるものなんかで人ははかれないって、おまえ、シリアスな顔で言ってたじゃんよ」

ビールをテーブルに運びながらおれは言う。

「おれはおれでがんばったよ、でもよう、なんか、いやになっちゃってさ。いちいちあれ着たらとか言うのも、買いものつきあって選んでやんのも、着るもののことで喧嘩すんのも、会ってがっかりするのも、思ったよかこっちの消耗はげしすぎんのよ」

健吾はジョッキの半分ほどを飲み干して、それをてのひらで包むようにしてつぶやく。

ふと、健吾と自分が何かとても近しい存在であるような気がし、訊きたいことが百コくらい思い浮かぶが、そのどれもうまく言葉にならず、

「でもさ」

とつぶやきかけたところで店長の、串盛りあがりィ、という声が響き、その場を離れる。

「キョウイチ今日何時あがり？　飲もうぜ」

カウンターに向かうおれのうしろ姿に健吾は言い、

「悪りい、今日デート」

ふりむきざま言うと、

「野猿と？」

健吾は鼻にしわをよせて笑ってみせる。

健吾につきあってやったほうがよかったかな、と、キタハラスマコに会ってすぐ後悔したのは、おれの嗅覚によれば彼女が風呂に入ったのがたぶん三日前で、三日前といえば彼女んちの近所で焼き鳥を食らった日で、驚くべきことに、彼女の体からはしっかりとあの日の、焼き鳥屋の煙で燻《いぶ》されたような香りが漂ってきていたからだった。しかも彼女はジーンズにタンクトップ姿だった。待ち合わせの駅を出たところ、ガードレールによりかかっていたキタハラスマコは、おれを見つけて大きく手をふっていたが、こわくて直視できなかった。よく、生やしたままだからさ。

「なあもう夏だぜ、梅雨は明けてるんだぜ？」闇に白く浮かび上がるガードレールの、彼女の隣に腰かけて思わずおれは言っている。

「梅雨明け宣言はまだだけどね、でもマジ暑いよねー、映画観る前ビール飲んでく？」

のんきに笑うキタハラスマコをおれは一瞥《いちべつ》する。

「焼き鳥くさいんですけど」

「うっそだあー、キョウちゃんすぐそういうこと言うよねー、におうわけないじゃん」

キタハラスマコは言って、自分の腕や肩に鼻を押しつけ、「今日焼き鳥食べてないよー」

平然と言う。

「食ったじゃん、スマちゃんが最後に風呂入った日に。マジでわかんないの、自分の体臭？」

「ねえ、こんなところでさあ、体臭についてあれこれ言いあいすんの、やめようよー、さっき通りすぎた人、ちらっとこっち見てたよ？」

真剣な顔で言うキタハラスマコの額に汗が浮かんでいる。おれのTシャツの背中も湿りはじめている。でもよう、なんか、いやんなっちゃってさ。健吾の声が急に耳のすぐそばで聞こえ、左右を見まわすが、もちろんそんなものは幻聴で、健吾はあとをつけてきたりしない。

「どっか涼しいとこいくか。レイトショーまでまだ時間あるもんな」

おれは言って、湿り気をおびて、むんとべたつく空気のなかを歩き出す。これ以上野外で汗をかかせれば、もっとキタハラスマコがくさくなっていく気がし、自然と歩く速度がはやまる。駅の改札口も混んでいたが、町も人でごったがえしている。すれ違ういろんな人のにおいをおれは知らず知らず検分するように嗅いでいる。柑橘《かんきつ》系の香水。濃いアルコール臭。どこかのビルから流れてくるオリーブオイルやにんにくのにおい。混雑のなかを歩くのが苦手なキタハラスマコは、人にぶつかったりぶつかりそうになったりしながら、ちょこちょこと必死で歩いてあとをついてくる。彼女がおれの背にぴたりはりつくと、すえた、かすかに燻された、脂じみたにおいが強くする。

「あのさあ、しらべたら更新、十月じゃなくて九月だったんだよー、それでね、キョウちゃん、ってことはさあ、八月にもう返事しなきゃなんだよー、八月って、すぐだよねえ？　キョウちゃんとこはいつだったー、更新？」

近ごろその話は全然出ていなかったのに、おれの背後にくっついて歩きながら、スマコはいきなりそんなことを言い出す。八月っていったら、もう来月じゃんか。マジかよ。

「あーおれ、わかんないや、今日帰ったらしらべてみるよ」

おれは言う。うん、そうしてー、背後で消え入るようなスマコの声が聞こえる。ふりむくと、おれの肩より低い位置ににこにこ笑うスマコの顔がある。


「あ、こいつはね、だめよ、いっしょに住んでる女いるから」

イタリア料理を出す飲み屋で、おれの隣に座った健吾が向かいの女たちにそんなことを言っているのが遠く聞こえ、

「何それ、ガセなんですけど。おれ、マジひとり暮らし」

自分でも意味不明だがおれは向かいの女相手に必死にうち消している。

「でもいっしょに住むんだろ、近々」

こいつ、マジで性格悪いな、と思いつつ、初対面の女の子たちの前でつまんない諍《いさか》いをしたくなくて、

「あー、まだそれわかんないけど。ぽしゃる可能性ありだし」

おれは笑い、女の子たちのグラスにワインを注ぐ。

恋人捜しに躍起になってる健吾のために、うっぴーが彼女の友達を紹介してくれたのが今日の席で、一対一だとなんだからってんでおれも呼ばれたのだが、あらわれた女の子は、いいのかマジで？　と思うような魅力的な二人組だった。右の子は色の白いショートカットで、おれの前の子は、ウルフ系の髪を栗色に染めている。健吾が一瞬にして舞い上がったのはすぐわかった。舞い上がりすぎて、女子二名ひいちゃって、それで彼女たちがおれにばかり話しかけるもんだから、おれを蚊帳《かや》の外に押し出すのに懸命になってやがるんだ。

「こいつの彼女、チョーたくましいでやんの、マジすげえよ、な、海いって、トイレいきたくなって、でも見あたらなくて、砂浜に穴掘って野小便すんだぜ、超サバイバル」

「えーでもあたし、海のなかでならしたことあるよー」

「あたしなんかプールでもあるよー、七歳んときだけどー」

女の子たちは言って笑う。自分のグラスに半分くらい入ったワインを飲み干して、通りかかった店員にもう一本ワインをたのむ。薄暗い店は混んでいて、喧噪《けんそう》が一定の音量で延々と続いている。運ばれてきたイタリアワインを指して、何も知らないくせに健吾はうんちくを披露しはじめている。おれは、いっしょにいるといつもちぐはぐさが強調された健吾の元恋人のことを考えている。いつだったか、飲み会にグレイのスーツ姿できたことがあったな。就職活動中の学生が着るような、ひどくかっちりしたスーツ。なんでスーツなんか着てんの？　って健吾が小声で訊いたら、だってお洒落してこいって健ピーが言ったんだよ、って、頰を膨らませて答え、おれたちはそのあいらしい健吾の愛称を笑ったんだけど、健吾はグレイのスーツを笑われたと思って、むっつりしていたっけな。でもあの子、とても気持ちがきれいな子だったんだと思う。気持ちがきれいで、顔は健吾好みで、彼女といると健吾はやすらげて、単純にたのしかったはずなんだ。裸んぼで暮らせたら問題なかったんだろうな。いやマジで。

おれたちは何がほしいんだろう？　おれたちって、健吾やおれだけじゃない、目の前の女の子たちも、キタハラスマコも、あのセンスのぶちこわれた彼女も、いったい、何がほしくて人を好きになって、恋人なんかつくって、いっしょにいようとするんだろう？

「ワイン入れていーい？　グラスかえたほうがいいかなー？」

目の前の女の子がボトルを片手に笑いかける。あ、いいよいいよ、そのままで、おれはなんとなく急に緊張して言い、女の子はワインを注いでくれる。桃の缶詰みたいな甘いにおいがする。おれはぼんやりと、ランプの明かりに照らし出される彼女の白い左手を見ている。爪はきれいな楕円形で、貝殻みたいな淡い桃色にぬられ、人差し指にちいさな花の絵が描いてある。この子はきっと部屋で背をまるめて、ていねいにていねいに爪をぬっているんだろうな、そんなことを思う。なんか専用のちっこい器具で手入れして、子どもみたいに集中して、息を殺してさ。

「ありがとう」と言うと、

「いいえいいえどういたしますルー」女の子はふざけて言って、笑う。どきどきする。とりあえず、だれも止めないし、この子もいいって言ってるんだし、やってから考えよう。キタハラスマコのことも、アパートの更新のことも、健吾ともうひとりの行方《ゆくえ》も、全部やったあとで考えればいいじゃん、問題ないじゃん。酔った頭で幾度もくりかえしそう考えている。

女の子――みどりちゃん、という名前だったと思う――はおれの手を強くひっぱり、タクシーをつかまえなきゃなんないと、酔っぱらい特有のもつれた声でしつこくくりかえしている。ここがどこなんだかおれにはもうわからない。イタリア飲み屋のあと、カラオケ屋で飲んで、そこで解散、彼女と二人でもう一度べつのバーで飲んだ。トイレから出てきて、トイレにいくみどりちゃんと狭い洗面所ですれ違って、甘いやわらかいにおいが鼻をくすぐったとき、なんだか泣きそうになった。その場で抱きしめて、体じゅうにチューしたくなった。しなかったけどさ。

裏通りにいけばタクシーが拾えるかも、と、もうほとんどろれつのまわっていない口調でみどりちゃんが言い、人通りの絶えた大通りから、反対側の通りに出るために飲み屋が連なる路地を歩き、おれは突然我にかえり、つないでいた手をあわてて離した。なんなのおー、女の子はおれの腕をつかもうと手を伸ばしてきたけど、それもよけて、醒《さ》めかけた頭であたりを急いで見まわす。

しまった、ばれた、見られた。おれはたしかに、キタハラスマコの気配を感じていた。どこだ、どこにいる。どこから見てる。つけてきたのか？　そんなことスマコがするはずがない、偶然どこかの飲み屋で飲んでたのか？　自動ドアに目を這《は》わせ、一帯に並ぶ間口のちいさな店をのぞいてみるが、禿頭《はげあたま》や眼鏡の中年男しか視界に入らない。

そのとき、シャッターを閉ざした店の軒先に、段ボールが敷かれているのが目に入った。暗闇に完全に溶けこんでいるが、どうやら黒ずんだ毛布を頭からひっかぶり、だれかが段ボールに寝ているらしい。

ああ、そうか。おれは言葉を失い、大声で笑いたいような気がし、しかし泣いたほうがより今の気分にぴったりにも思え、いったい何をどう思えばいいのかわかりかねて、しかし次の瞬間、口元から笑みがこぼれ、腹の底からアルコールくさい笑い声がわきあがってくる。おれは笑う。笑うととまらなくなる。腹を抱えて笑う。涙が出てくる。浮浪者のにおいを嗅いで、スマコが近くにいると勘違いするなんて。なんてこったい。

「なんなのおー」

少し離れたところで女の子はくりかえしている。腹を抱え、のけぞって、腿を打ち、涙を流して笑うおれが不気味なのか、もう近づいておれの手をとろうとはせずに、少しずつ後ずさっていくのが、視界の隅に入る。そんなにおもしろくねえよ、はやくしないと気味悪がられてみどりちゃんがひとりで帰っちまう、いいかげん笑うのやめて、さっさとあの子の手をにぎんないと、のがすぞ、あんなきれいな、清潔な女の子と、やれるチャンスをのがしちまうぞ、心のなかで自分の声が響いているんだけれど、どうにも笑いはおさまらない。へんなくすりでも飲まされちゃったみたいに、赤提灯の明かりが道路に反射する、ひとけのない路地裏でおれは笑い続ける。

二人の休みが重なったその日、朝からおれたちは私鉄や地下鉄に乗って、見知らぬいろんな町を歩いていた。どうせなら知らないところに住んでみたい、と意見が一致して、知らない町探検に出かけたのだ。待ち合わせにあらわれたキタハラスマコは、たぶん風呂二日目。とりあえず焼き鳥屋のにおいは消えていた。

おりたこともない駅の、歩いたこともない商店街の、入ったこともないレストランで昼飯をとりながら、テーブルに、午前中もらった間取りのコピーを並べてみる。この部屋はキョウちゃんがつかえば？　あのでっかいステレオを入れてさあ……このアパートは台所広かったな、ダイニングテーブル買えるぞ、ここんちはお風呂に窓があるのがよかったね……などと話していると、かすかに脂がういているスマコの脳天も、伸びっぱなしの爪も、化粧気のない鼻のまわりが脂でてかてか光っているのも、なんだかおおきな気持ちで許せてきて、夏の終わりにはじまるであろうおれらの新生活が、とんでもなくうまくいくように思える。なんでもっと早くこうしなかったんだろ。そうだよ、風呂場に窓がついていたらスマコはよろこんで毎日風呂に入るかもしれない。いっしょに入るよう強要したっていいんだし、おれが洗濯係になれば全然問題ないじゃん。

店員が空いた皿を下げる。おれはコーヒーをたのむ。あたしはアイスにしてくださいとスマコは言う。ふたたびコピーに目を落としたとき、ガラスのドアを開けて二人の女が入ってきた。まだ若い、ずいぶん洒落こんだ二人組だった。なんとなく目で追ってたんだ。意味もなく、まあ、条件反射的に。その彼女たちが、店員に案内されておれたちの背後をとおるとき、鼻をひくつかせてたのはわかった。なんか公園のにおいしない？ って、ひとりがひとりにささやいたのも、聞こえた。えー公園、どこの？ ってもうひとりは言って、席につき、そんなことは忘れたようにべつの話をしはじめた。

コーヒーとアイスコーヒーが運ばれてくる。おれはコピーから目をそらし、スマコの肩越しに見える町を眺めていた。ちいさい商店街。まんべんなく陽《ひ》にさらされた道路。のったり歩く野良猫。こんなちいさな町に住むのも、いいかもしんないな、なんてぼんやり思ってた。

「ねえねえキョウちゃん、見てよこれ」キタハラスマコは言って、トートバッグのなかから薬局のビニール袋を出す。「今朝待ち合わせ早くついちゃって、薬局のぞいてたの、そこしか開いてなかったからさあ。そしたらものすごい新製品見つけたの！　見てこれ、頭洗わなくても洗ったことになる水いらずシャンプー」

目の前にかざされた白っぽいスプレー缶を、おれは脱力して眺めた。

「病人用に開発されたんだってー、そんでなんか一般にも売りだされたみたい」

「スマちゃん、ドラえもんがいたらよかったな」おれは言った。今日は喧嘩はしたくないんだ。

「えー何それ、いきなり」

「風呂に入らなくても入ったことになる水いらず石鹸、靴下を換えなくても換えたことになる水虫知らず靴下、顔を洗わなくても洗ったことになる水いらず洗顔料、歯を磨かなくても磨いたことになる歯ブラシいらず歯磨き粉、髪をとかさなくてもとかしたことになるブラシいらずムース、その他諸々、四次元ポケットから出してもらえるじゃん」

空いている店内で、テーブルをふたつあけたさっきの女たちが、おれたちの話に耳をすましているのがわかった。二人は「公園のにおい」の意味するところを瞬時に理解したようだった。それで、ちら、とキタハラスマコを盗み見ているのが視界の隅に見てとれた。でもべつに、それほど悪意のある一瞥じゃなくて、単純に、「やだ公園のにおいって聞かれちゃったかしら」みたいな視線だった。おれの言ったこともいつもどおりの冗談だったんだ。だから、なぜ突然、キタハラスマコが、いつもとはまるきり違う、スマコにはおよそ似つかわしくないそんなことを言い出したのか、おれにはよくわかんなかった。

「こんなしょぼい商店街でもめいっぱいお洒落して歩いてる女っているんだね」とキタハラスマコは突然言った。女たちに向けて言っているのだろうが、ちょうど同じタイミングで彼女たちの料理が運ばれてきて、歓声をあげた二人はスマコのその挑発的一言は聞かずにすんだ。

「なんかさあ、うちの学校もさ、すごいの、完璧メイクで、マスカラおばけみたいなのが、雑誌とまったく同じかっこしてぞろぞろ歩いてるんだよ。香水もぷんぷん。香水のにおいきつすぎて、エレベーターとか乗ってるとげろ吐きそうになる」

「げろとか言うのよせよ」声を落としてスマコにささやいた。

「勉強しにくるのになんであんな化粧しなきゃなんないのって思っちゃう。みっともないよ、さかってるみたいで。実習とか、肉体労働系なのに。すごいんだよ、ああいう完璧メイクって、二時間かかるんだよ？　友達のナッツいるじゃん、前の会社んときの。彼女と一泊旅行したとき、マジで気が遠くなったよ。一泊なのにカートひっぱってきて、化粧品と服が詰まってんの！　そんで化粧に一時間、着替えに一時間、観光なんかできたもんじゃなかった」

やめてくれ。やめてくれ。たのむからやめて。おれは心のなかで何度もくりかえした。最後はもう、念じるみたいにさ。

キタハラスマコがいきなり毒舌をぶちまけはじめたことに呆気《あっけ》にとられていたが、しだいに、うんざりしてきたんだ。だれに対して何を言いたいのか、突然なんで毒舌スイッチが入ったのかマジでわかんないんだけど、そういうこと以前に、なんか、ださいよ。だって、スマコはなんかポリシーがあってずぼらなのとわけが違う。自然のままがいいんだと言って腋毛を生やしているわけじゃないし、いつかきたるサバイバル戦に勝ち抜くためにと言って風呂に入らないわけじゃない。ただ、単純に、きらいなだけなんだ。めんどうなだけなんだ。ちゃんとできないだけなんだ。

けれどスマコはやめなかった。酒も飲んでいないのにすわった目つきで、さらに言いつのっていく。

「髪なんかちょっとくらい跳ねてても、爪ぎざぎざでも、化粧なんかしなくてもさあ、自分自身の気持ちとか中身だけで全然勝負できんのに、自信ないからあんなんなるんだよねえー。べつにさあ、外見飾んなくたって、内にもってるもんがきれいだったらそれ、外にだって出てくんのにね。あ、出てくるべきものが内側に何もないから外を飾んのか」

それ以上聞いていられなくて、おれは席を立った。テーブルの隅に置いてある勘定書が目に入ったけど、べつにどうでもよかった。なんていうか、目の前の女を見ていられなくってさ。いたたまれないっていうか。むかつきもしてたし。着飾ったきれいな女子二名にも、申し訳なかったしね。何、どうしたの、キョウちゃーん、って声がどっか遠くから聞こえてきてたけど、無視して店を出て、そのまま、歩いたこともない、しょぼくれた商店街をおれはめちゃくちゃに歩きはじめた。

数分してから、何よー、突然ー、ねえ、キョウちゃーん、ってキタハラスマコの声が背中から聞こえてきた。おれはふりかえらずに、速度をあげてすすむ。万歩計の数値みたいに、歩けば歩くほどむかつきはつのる。煎餅《せんべい》屋のとなりに飾ってある立て看板を思いきり蹴ったら、立て看板はへなりと倒れ、足がやけにじんじん痛んだ。どうしたのよー、キョウちゃんてばー。背後にぴったりくっついてくる声を剝《は》がすようにおれは走り出す。あと五年もすればキタハラスマコだって三十歳になるんだ。爪もむだ毛ものびっぱなしのおばはんになっちゃうんだ。おばはんが腹ぼりぼり掻《か》きながら内側だの外側だの言ってたって、しょうがねんだよ。心のなかで悪しざまにののしった。商店街が終わってしまい、車のひっきりなしに行き来する大きな道路にぶちあたって、信号が赤だったから道路沿いをすすむ。クラクションや車の騒音にまじってキタハラスマコの声が近づき、遠のき、また近づく。

耳にピアスを開けたのは十五歳のときで、ピアスあったほうがかっこいいと思ったからだ。朝洋服選びに十分もかかるのはみっともなく見せないためだ。昨日の夜と今朝風呂に入ったのは汗くさいと思ったからだ。髪にムースぬって毛先飛ばしてんのはださくないように見せるためだし、ときどき眉毛ととのえんのもそのほうがかっこいいと思うからだ。肉がたるめば部屋で腹筋も腕立てもやるよ、ダンベルも持ってる。ちょっとくらい筋肉ついてたほうが見栄えするだろ？　好かれたいしださいって思われたくないし変だと思われたくねんだよ。だれに？　なんで？　そんなのわかんねえよ。悪いかよ。ねえってばあー、キョウちゃーん。待ってよう、次二コ先の駅見にいこうっていったじゃーん、駅は反対だようー。

声は、排気ガスのまじった湿度の高い熱気みたいにどこまでもついてくる。スピードをあげてもついてくる。ふりむくことができなかった。ふりむいて、汗だくでなりふりかまわず走っているのだろうキタハラスマコを見ることができなかった。ちいさな子どもみたいに、捨て置かれる駄犬みたいに必死で追いかけてくるんだろうキタハラスマコを。どうして走り続けているのかもうとっくにわかんなくなってたけど、その剝き出しのなんかから一秒でも逃れるために、おれの足は灰色のアスファルトを蹴り続けた。

昨日、今日、明日

彼女ができた、できたと長谷川のやろうが浮かれていやがるから、まだ一度も喧嘩をしていないのかと訊いてみたら、してないと答える。たぶんしないっすね、だって信じられないくらい相性がいいし、おれなんだって許せるんすよ、と、ただでさえ長い鼻の下をでろーっと伸ばして長谷川はつけくわえ、ま、せいぜい三カ月だな、と、おれと野村は鼻で笑ってやったのだが、つきあってすでに半年になるという。そう言われてみれば、忙しくて無視していたが、半年くらい前から長谷川のやろうは彼女彼女と騒いでいたような気もする。

「ま、半年ってのもあるよ、あるある、問題は一年じゃねえ？　一年たったくらいよ、やばいのは」

先端にトマトソースのついたフォークを空中にふりかざしながら野村は言う。野村はおれと同い年の二十七歳で、三コ年上の恋人と同棲している。この女が、またハンパでなく気が強いらしい。おれは何度か彼女、ネロリンに会ったことがあるけれど、全然そんなふうに見えない。華奢《きゃしゃ》で、髪とか目玉とか茶色くて、女オンナした格好——といってもお色気系じゃなくてガーリー系——で、まあ三十歳でガーリーというのもどうかと思うが、とりあえず童顔のネロリンにはよく似合っている。

「好きとか嫌いとかはべつにしてさ、なーんかむかついてくんのよ、な?」

野村はおれをのぞきこむ。

「なーんかむかついてくるわ、ぜってえ、長谷川も」

おれは言い、ばかでかいガラス窓からおもてを眺める。うだるように暑いのが涼しい店のなかからでもわかる。陽炎《かげろう》がちらちら揺れる横断歩道を、男や女たちがまじめくさった顔つきで渡っている。やっぱアイスコーヒーにすればよかったと思いながら、ずいぶんすっぱいコーヒーをすする。

「えー、そうすかねえ、だってたとえばどんなことでむかつくんすかね? そりゃ相手は自分とは違う人間なんで、違う流儀とかあると思うけど、それって単に差異であってむかつくってことにはならないとおれ思うんすよね」

長谷川のやろうは細長い顔に真剣な表情を貼りつけてそう言い、自分で自分の言ったことに感心したみたいに幾度もうなずいてみせる。

「つーかオメ、まどろっこしい、そういう言いかた。おれおめえが何言っててんのかさーっぱりわかんねえ、なに流儀って」

まるめたストローの紙袋を長谷川に投げつけて野村が言い、

「え、流儀ってのはだからつまりっすね」

長谷川が説明しようとしだしたので、

「つーかよう、男三人で額あわせて恋愛話って気味悪くねえ？　しかもパスタ屋だし」

おれはあわてて遮った。何がおかしいのか、あははは、と長谷川はのけぞり大声で笑う。

「長谷川がいつまでもとろくさ食ってるからじゃんよ、オメ早く食えって。もう二時近いぜ？」

野村は言いながら、尻ポケットをまさぐり財布をとり出した。

パスタ屋を出、三人で事務所に向かって歩いている途中で、携帯電話が尻ポケットで振動した。二人より数歩遅れて歩き、受信したメールを読む。クマコからだった。

週末けっきょくどうするの、よやくしちゃっていいの、いいよね、もうしちゃうよ、とあり、へんな顔文字がついていた。

まだ仕事どうなるかわかんないから予約はやめといてくれと返信しようとし、しかしそこからたぶんエンドレスなメール攻撃がはじまるんだろうなと予測できてしまい、結局なんの返事も打たず携帯を尻ポケットに戻す。

どうなるかわからないっていうのは、おれはもう何度も言ったんだ。予約予約ってうるさいのはクマコで、そんなに予約したいのならしときゃいい、おれはいけないときはいけないんだし、そしたらクマコが友達でも誘ってなんとかするだろう。いつものように。

事務所に続く住宅街の道は、おれら以外人通りがなく、どこかからコマーシャルの音声が聞こえてくる。家々の、ブロック塀の向こうから木々が枝を突き出して、色濃い影を歩道に落としている。

今日はみんな仕事の終了が早くて、八時過ぎには事務所にだれもいなくなった。野村も、長谷川も、坂上さんも、社長も。おれも自分の仕事は終えていたんだけれど、そのまま居残ってパソコンでカードのデザインをさせてもらうことにした。

ポストカードデザインは事務所経由ではなくておれ個人の仕事だけれど、事務所のパソコンを使うことは社長も認めてくれている。けれどやっぱり、忙しい日中は、たとえ自分が手すきでもおおっぴらにはできないし、みんなの帰った時間帯に居残ってやることが多い。

ポストカードといっても売りものではなく、喫茶店やレストランに「ご自由におとりください」と並んでいる、宣伝用のカードで、何人ものデザイナーが契約して仕事を待っている。まだ試験期間だし、仕事といえるような収入にはなっていないけれど、やっとおれも契約してもらえたのだ。

　静まりかえった事務所に電話の音が鳴り響き、集中していたおれは文字どおり飛び上がって驚いた。近くに野村がいなくてよかったと咄嗟《とっさ》に思う。絶対、数日間は真似して笑いをとろうとするから。

「はいもしもし、レモン企画です」

　言うたび気恥ずかしい気分を味わう事務所の名を口にする。

「あ、よかった、キクちゃん」

　受話器から聞こえてきたのはクマコの声だった。

「え、クマコ？　なんでこっちにかけてきてんの」

　おれはいきなり不機嫌な声を出して訊いた。事務所には電話しないでほしいと言ってあるし、しかも驚かされておもしろくなかった。

「だってー、キクちゃんメールの返事全然くれないんだもん！　ひどくなーい？　二時ごろだよ、あたしメール送ったの。それからすぐ返事くるだろうと思って、予約しなきゃなんないから、ずうーっと待ってたんだよ、なんかむかつくよ」

　おれが不機嫌になると、さらに輪をかけて不機嫌になるというのがクマコのおなじみの防御方法である。

「つーか、仕事ちゅうだっつーの」

「もう、いっつもそれじゃーん」クマコは言って、重たく黙りこむ。

おれも何も言わず、受話器の向こうから聞こえるクマコの息づかいと、その背後の静けさに耳をすませていたが、なんだか唐突に、彼女に対してものすごく悪いことをしているような気分になった。何さまだおまえ、とねめつけられたような。

「クマコ、めし食っちゃった？　もしまだだったら、新宿かどっかまで出てきてくれたらおれ、おごるっすよ」

そういえばクマコとずいぶん会っていないような気もする。ポストカード云々ですっかり忘れていた。

「はあー、またそのパターンか」

数カ月前だったら、やった！　おごってくれるの？　とはしゃいでいたクマコが、すねきったような声を出すので、罪悪感もきれいに吹っ飛んでしまう。

「じゃーいーよべつに。無理にとは言わないし。また今度っつーことで」おれが言いかけると、

「あーもう、行きますよ行きますよ、クマコはタイ料理が食べたいなり」それを遮ってクマコが言った。

飯食って、酒飲んで、エッチしたら、そりゃあ眠くなるのが人の摂理ってものだと思

うのだが、うとうとしかけるとクマコが人でなし呼ばわりするので、仕方なく起きている。クマコのちいさな部屋のちゃぶ台の前に座り、タオルケットとシーツの乱れたベッドに寄りかかり、14インチのテレビ画面に映る優香を見るともなく見、せっつと心情を訴えるクマコの声に耳を傾けている。

約束のない会いかたというのが、クマコはいやなそうなのだ。たとえば今日みたいな、成り行きで会って食事をするようなことが、耐えられないのだと言う。スケジュールを決めて、約束をして、待ち合わせをして、スケジュール通りに動きたいのだと言う。おれはクマコの言っていることが全然わからないのだけれど「うんまあ、そっか、そうかもな」などと、あくびをこらえ、暗い顔で相づちを打っている。

おれの恋人のクマコ二十四歳は、記念日フェチだ。もしくは予約強迫観念症。そういうのって、とりたてて悪いことだとおれは思わない。誕生日や記念日を祝うことはごく正常なことだと思うし、クリスチャンでもないのにクリスマスを祝うのはへんだとか阿呆親父みたいなことも言わない。予約というのもまた然り。世のなかには予約しなければ入店すらできない店があるわけで、店や宿やチケットや切符を予約したのであれば、当然、その日は空けておき、スケジュールを実行するのがまっとうな行為だと思う。

がしかし、かなしいかな、おれは記念日や行事や予約が、あまり得意ではない。もっと正直にいえば大ッ嫌い、おげえ、ぺっぺっ、というくらい嫌いなのだ。おれの母親は、それこそどこか強迫観念的にそういう記念日を敢行する人で、おれは幼いころからずっとそれにつきあうのがつらかった。なんていうか、ピエロの衣装を着せられた上、下半身剝き出しにされて町内を歩かされている感じ。その感覚は今もずっと続いていて、できることなら、誕生日を誕生日ではない日のように、クリスマスをクリスマスでない日のように、つまり毎日毎日なんでもない日のように過ごしていきたいと、心の奥底から願っているのだ。

こういうのって、すごくちっぽけな話だと思う。たとえばの話、クマコは行事が好きなんだから、年がら年じゅう友人らと行事を祝っていたらいいと思う。友達グループのなかに男が交じっていたっておれはとやかく言ったりしない。そういうのではないところでおれとつきあっていたらいいだけの話だと思う。イベントは友達と。日常は恋人と。だけど、そう合理的にはいかないらしい。なんつったっておれとの記念日も目白押しだからな。出会った記念日、キスした記念日、性交記念日、交際決定記念日、おどろいたことに、このあいだ話を聞いていたら「ディズニーランド記念日」というものまでクマコのなかにはあるらしかった。おげえ、ぺっぺっ。

「キクちゃんさあ、わかったような顔してうん、うんって言うけど、でもぜんぜん無視じゃん。最近土曜が空くか空かないかもその日の朝にしかわからないし。あの店だって予約しといたけどどうせまたドタキャンでしょ」

マニキュアのはがれかけた爪をいじりながらクマコは唇をとがらせて言う。ベランダに面したガラス戸は開いていて、ねっとりとなまぬるい風が入ってくる。クマコが梅雨の時期から吊していた風鈴が、ちりんちりんと涼しげな音をたてる。

「だってさあ、何度も言ってっけどべつに意地悪とかしてるわけじゃないじゃん。仕事なんだもん、しょうがねえってとこあんだろ？　前も話したけど、ポストカードの件、おれまじでちゃんとやりたいわけ。ドタキャンしないようにがんばるけど、でも絶対とは言えないわけ。だからもしまたなんかあったらメグピーとかといけばいいじゃんか」

戸を閉め、冷房のスイッチを入れておれは言う。蒸し暑いとどんどん眠くなる。

「どうしてあたしとキクちゃんの指輪記念日にメグピーとレストランいかなきゃなんないのよ」軽蔑するような目でおれをにらんでクマコは言い、ため息をつく。指輪記念日というのもあったのか、知らなかった。

「な、悪い、ちょっとしんどいんで横になっていい？　寝ないから、寝ないからさ、横になって話聞く」

おれは言ってクマコの返事も待たずベッドに横たわる。ああ、なんて心地いいんだろう。

「キクちゃんてさ、ちょっとおかしいよ。へんだよ。そんな男の子、いないよ」うっとりと天井を眺めているとクマコがそんなことを言い出し、おれはぼんやり彼女に視線を移す。きたきた、またこれだ。

「あたし今までキクちゃんみたいな男の人見たことない。そりゃさ、イベントとか好きな男の人なんかいないと思うよ？　でもさ、恋人のいない引きこもり男じゃないんだし、ふつう、彼女のためになんかすんじゃないかなあ。前カレとか、すっごい忙しい人だったけどいろいろしてくれたよ？」ポストカードや、雑誌の切り抜きや、おれや友達と撮った写真がべたべた貼ってある、クマコの背後の壁をおれは眺める。クマコは何かがどうしても自分の思い通りにいかないと知るや、前カレ攻撃に転じる。前の恋人はこうだった、あなたみたいな人とつきあったことはないと言いつらね、おれに劣等感を味わわせようとするのだ。「あのね、前カレとキクちゃんを比べてるわけじゃないの」比べてるじゃんよ。「ただね、キクちゃんといっしょにいると、四季とかないんだよね、全然。ふつうのカップルはさ、夏になったら花火大会いったりね、海いったり、秋には温泉旅行したり、ちゃんとするんだと思うのね。っていうかあたしはそういうことしてくれる人としかつきあってこなかったから。キクちゃんといるとさ、毎日がのっぺりしてて、すごーくなんていうか……生きながら死んでるような感じすんのね」

「おおげさくねえ？　生きる屍《しかばね》とかそういう話じゃねえだろうが」おれは笑うが、クマコは笑わない。

「キクちゃんと別れたとしても、きっとあたしはなんにも思い出さないだろうなって思う」

クマコは言って自分の爪をいじり、おれもしばらく黙ってクマコの背後の壁に視線を這わす。

「週末さ、がんばって空けとくよ。金曜死ぬ気でやれば終わんだろ」

前カレ話に劣等感を刺激されたからではなく、そう言わないと眠れないらしいとようやく理解しおれは言った。

「本気にするよ？　土曜日の六時五十分に表参道だからね？」

クマコは言って、洗面所にいく。薄いドアの向こうから、しゃこしゃこと歯を磨くリズミカルな音が聞こえてくる。それを聞きながら、おれは数秒で熟睡してしまう。


な、おまえのカノジョって、前につきあってた男の話とかする？　と、前々から野村には訊いてみたかったのだが、やっぱりなんていうかそういうことって、自尊心が邪魔して訊けないんだよな、と思っていたところ、野村のほうからそっくりの質問を投げかけてきた。午後一時近く、おれら以外の人間はみんな事務所から出払っている。おれらはコンビニで買ってきたサンドイッチだの、冷やし中華だのを、資料が雪崩《なだれ》を起こしそうな机で食べていた。

「え、なんで、ネロリンってすんの、そんな話」

何気なくおれは訊いた。

「おーするする。あったまくんぜえ、あれ。あいつの前の男、なんか小金持ちで、車持ってたらしいの、アウディかなんか。んで、三連休とかはぴゅっと旅行いけたとか言うわけよ、あたしはディズニーランドに電車でいったことなんかないとか」

冷やしとろろ蕎麦のつゆを周囲に飛び散らせ野村はしゃべる。

「んで、なに、やっぱおまえが忙しいのにむかついてるわけ？　どっかつれてけっていうデモンストレーション？」

「いや、おれ考えたんだけどさ、あれって、何か要求があってそれを非ストレートに表現しているというよりは、単純におれをへこませたいんだと思うんだよな」

「へこませるって」

冷やし中華を食べ終え、サンドイッチのパックを開いておれは訊く。

「だから、劣等感をうえつけてへこませる。なんかそういうストレス発散の一環なんじゃないかって、最近思うわけよ。なあ、どう思う？」

資料の山を乗り越え、まじめくさった顔を突き出して野村は訊く。

「いやあ、おれにはわかんねえなあ」

おれは、自分はそんな目には一度もあったことがないように首を傾げてしまう。やっぱりいくら野村が相手でも言えない、おれもことあるごとに前カレ話を持ち出され、結局七割がた向こうの意見が通ってしまうなどと。

事務所は半地下で、天井近くの壁面に、長方形の細い窓が並んでいるだけだ。窓の外は明るく、陽射しがアスファルトに反射して、薄暗い事務所の壁に透明な光を投げている。

「でもよう」おれはたまごサンドを頬ばって、事務所の窓を見上げぼんやりと言う。「そういうのって逆効果だと思わねえ？　前の男だの、よその男だのの話聞かされたら、じゃあそっちに相手してもらえって思っちまわねえ？」

「そうそう、そうなんだよ」箸を片手に握りしめ野村はいきおいよく立ち上がる。なんだかおれは野村がいとおしくなってしまう。きっと昨日超強気ガーリーと喧嘩でもしたんだろう。こてんぱんにやられたんだろう。かけらも反撃できなかったんだろう。

「男二人で額あわせて、まーた恋愛話ですか？」

背後から言われ、ふりむくと長谷川がスターバックスのプラスチックカップを手に、にやにや笑いで立っている。

「うっせ、ばーか」おれは言ってサンドイッチの続きに戻るが、

「おまえの女もなあ、あと三カ月でぜってえ言うぞ、前の彼氏はこうだったとか」野村は喧嘩している子どもみたいに真剣に憎まれ口をきく。

る。
「あ、それないっすよ、彼女、おれがはじめての恋人なんで」
長谷川のやろうは軽くかわして自席に戻り、おれと野村は思わず顔を見合わせる。しかし言いたいことが複雑すぎて、何も言えずまたおれらは黙々とめしの続きを食べ続ける。

明大前にオープンした居酒屋のホームページを、午後いっぱいデザインする。高級感あふれた店内で、メニュウはすべて本格シェフによるイタリア料理という格安洋風居酒屋で、イベントページを目立たせてほしいという要望がある。誕生日、もしくは記念日には証明不要で店からのサービスがあり、店員たちによる合唱があり、パーティや会合は五名様から個室を用意し、希望に沿って飾りつけや演出も提供するという。

おれは想像する。恋人の誕生日なんですと言いながら店に予約の電話を入れ、大勢の客の前で花火の突き刺さったケーキを持ってこられ、アルバイトの若者たちにバースデイソングを歌われ、拍手をされ、記念品を突きつけられ、ケーキを分け合って食わされる自分とクマコの姿を。そんな目にあうくらいだったらマグロ漁船に乗せられて数十年こき使われるほうがまだましだが、やっぱり、そう思うおれはどこかおかしいんだろう。

おれは急にクマコが気の毒になる。おそらく、おれといたってクマコは一生欲しいものを欲しいだけ手に入れることはできないだろうと、そのパーティ居酒屋「ヴォーノ・ヴォーノ」のデザインをしながらおれは考えている。おれもまた、クマコといればずっと、前の男の話を聞かされるんだろうし、予約嫌いや記念日嫌いを欠陥だと思い続けるんだろう。

「やっぱ青田刈りかな」

おれは思わず、隣の席の野村に話しかけている。

「あん？」

野村はコンピュータ画面から顔をあげ、充血した目をおれに向ける。

「やっぱ、前カレとかいねえ女がいいんじゃねえのか」おれはちいさい声で言ってみる。

「うーん、でもなあ、処女は面倒だからなあ」どうでもいいことのように野村は言い、のっそりと画面に顔を戻す。


土曜日の深夜、おれたちはロイヤルホストにいる。ドリアやパーコー麵を注文したいがそんな雰囲気ではない。減りすぎて鈍く痛む腹に、薄いコーヒーを流しこむ。目の前に座るクマコは目のまわりが腫《は》れぼったくて、いつもよりブスに見える。いつも右手の薬指にはめている指輪がはずされている。気の毒なクマコ。

今日の約束を、よりによっておれはすっかり忘れたのだった。五時ごろに、野村の顧客からえらい剣幕で電話があった。野村は何かミスをしたらしい。野村は今日出勤日ではないし、ほかの人たちも野村の仕事のことをよく知っているわけではない。野村の自宅と携帯に電話をしたが、どちらも留守電だった。しかたなく、野村のミスをおれが訂正することになったのだが、しかしおれだって野村の作業を逐一把握しているわけではないから、やつのゴミ溜めと化したような机から顧客リストを捜し出し、資料を捜し出し、野村のコンピュータ画面からデザインを捜し出し……で、気がついたらもう九時近かった。

「野村が……」

うつむいたままこちらを見ないクマコに向かっておれは言い、しかし口を閉ざす。コーヒーのおかわりいかがですかと、手足の妙に短い女が訊く。おれらがまごうことなき喧嘩中のカップルだから、わざと様子を見にきたんだろう。そんなふうな意地悪い顔を、女はしている。

「お願いしまーす」

だからおれは明るい声で言い、カップを差し出す。クマコはちらりと腫れた目でおれを見る。お客さまは？　女はクマコに訊くが、クマコは何も答えない。女は得意気な顔で肩をすくめるジェスチャーをし、去っていく。

「悪かった。……と思う」

女を見送ってからおれは慎重に言う。言って、そして唐突に激しくむかつく。だから予約なんかいやなんだ。記念日なんかいやなんだ。おれはおまえみたいにアルバイトじゃないし恋愛にばっかかまけていられないんだ。今がんばんなきゃいけないってときがだれにだってあるんだ。会えるときに会えばいいんだ。今空いてるかって訊き合って、空いてるなら飯食えばいいんだ。予約しなきゃ席が確保できない店になんかいかなくたってうまいものはいくらでもあるんだ。ていうか二人で食ったらなんでもうまいってどうして思えないんだ。

「キクちゃん」クマコがようやく声を出す。顔をあげる。目が腫れてむくんだいつもよりブスのクマコがおれをじっと見据える。そして、言う。

「別れよう、あたしたち」

かすれた声で言って、クマコはまたうつむいてしまう。

そうだそうだそうしよう。おれは心のなかで大賛成する。だいたいクマコの容姿はおれの好みではない。おれは切れ長の目のキツネ顔が好きなのだ。脚や腕も折れそうなくらい細いカモシカ型が好きなのだ。ぽっちゃりした子犬顔のクマコは最初から全然眼中になかった。それでもクマコから猛烈に押してきてどうしてもって頼みこまれたからつきあうことにしたんだ。クマコはそりゃあ料理はうまい。やさしいとも思う。映画や音楽の趣味もまあ合う。エッチの相性もそう悪くない。なんでもないことでいつまでも笑っているところなんかおれは好きだった。ときおりぼうっとしている顔なんかも。おれのデザインしたウェブサイトをかっこいいと言ってくれた。キクちゃん本当に才能があるねと真顔で言った。でもクマコよりかわいい女はたくさんいるし、何よりすべての記念日からおれは解放される。押しつけられる前カレ劣等感からも。

「記念日に」おれは言う。言わずにはおれない。「記念日の約束を忘れたから別れるってなんか馬鹿っぽいな」コーヒーをすする。もうすでにぬるくなってしまっている。

「なんか、疲れた。もういやだ」

うつむいたままクマコは言う。うん、そうだそうだほんとそうだ。おれは同意する。おれもなんか疲れた。もういやだ。毎日毎日、なんでもない日にしたい。意味のない日にしたい。四季とか思い出とかなくていい。からすみスパゲティとか限定リングとかもういい、お茶漬けと野球中継でいい。

壁いっぱいの窓からは夜の町が見える。飲み屋やビデオ屋のネオンサインが光り、酔っぱらった男女がもつれ合いながら歩いている。飲み屋から出てきた大学生らしいグループが、歩道で輪になって何か歌っている。手足の短い女がコーヒーのポットを持って、ちらちらこちらをうかがっている。

「クマコいっしょに暮らそっか」

自分が口にした言葉が他人のもののように耳に届いた。びっくりした。え、まじ？キクちゃん何言ってんのって、自分で訊き返しそうなほどに。

「え、まじ？　キクちゃん何言ってんの」

　クマコは顔をあげ、おれが心のなかでつぶやいたそのままのせりふを口にした。

「だって今おれたちが抱えてる問題っていっしょに暮らせば解決すると思うんだ。半年か、一年かすればおれの仕事ももうちょっと落ち着くと思うし、そんでいっしょに暮らせば毎日会えるんだから、わざわざ約束することもないし、待ち合わせなんかもうしなくていいんだ、どっかいくときはいっしょに家を出ればいいんだから」

　言いながら、なんの解決にもなってないような気がするが、と、心のなかでもうひとりのおれが突っ込んでいる。クマコは顔をあげ、腫れぼったい目を見開いておれの話を聞いている。おれの好みの容姿ではないクマコ。気の毒なクマコ。前カレの話が唯一の攻撃方法であるクマコ。

「キクちゃん、本気で言ってんの」

「本気本気。だって馬鹿らしいじゃん、記念日云々とかで別れるのなんて」

　これは本当の気持ちだった。別れたくないとか、別れたいとか、そういうことより、行事が好きか嫌いかで決定的に関係が壊れるなんて、あまりにも珍妙だ。そう思ってから、ああおれはそういうことを証明してみたいんだと気づく。人と人がいっしょにいるのに必要なのはそんなもんじゃないって。記念日なんかが関係より優先されるはずがないって。

　クマコはぼうっとおれの顔を見たまま何か考えこんでいる。コーヒーを飲み干して、

「トイレ」おれは断って席を立った。

小便をする短いあいだ、おれはクマコとの暮らしを想像してみる。夜の九時十時に帰るとごはんとともにクマコが待っていて、テレビをぼうっと眺めつまらないシーンでげらげら笑い合い、朝起きていっしょにコーヒーを飲み、さぼっただのなんだの言いながら洗濯や掃除をし、どこかへ出かけるときはいっしょに部屋を出て――さっきはあれほど別れることに賛成していたのに、そんな生活の細部はありありと思い浮かべられ、なんだか本当にうまくいくような気がしていた。日常のなかに記念日はきっと埋没するだろう。待ち合わせることもめったになくなるだろう。何より、クマコは歴代の前カレたちといっしょには暮らしていないわけで、生活のなかにおいては前カレ攻撃もあり得ないのではないか。

トイレから出る。店は空いていて、冷房がきいている。がらんとしたフロアを横切っておれは自分の席に向かい、そしてクマコがテーブルに背をまるめ何かを書きつけているのを見つける。おれの気配に気づくと、クマコは広げていた手帳をさっとかくした。

「キクちゃん、今の話、あたし考えてみる」

クマコはそう言って笑い、おれはクマコが何を書いていたのか気がついた。おそらく今日は、同棲申し込まれ記念日か何かになるんだろう。

「コーヒーのおかわりいかがですか」

手足の短い女がまたテーブルのわきでおれらに言い、

「お願いしまーす」

クマコはにこやかに言って、空のコーヒーカップを女の前にすべらせる。おれはなんとなく目をそらして、窓の外を見やった。いつのまにか人通りは途絶え、窓ガラスに、向きあうおれとクマコの姿が淡く映っている。

お買いもの

午前中からずっと、東京都バス路線図二〇〇二年版を捜していて、あたしの本棚にも、寝室にも、コピー用紙なんかがまとめて入っている物置にも見あたらず、それで、あんまり入りたくなかったけどリョウちゃんの部屋を捜しにいくことにした。一応、本人に断ってから入ろうと思い、リョウちゃん、柏田《かしわだ》家に入るよ、と声をかけに寝室にいくと、いつの間に身支度をして出ていったのか、リョウちゃんの姿はもうない。携帯電話に連絡してまで許可を請うようなことじゃないから、しかたなく、あたしは玄関わきのリョウちゃんの部屋に入る。

北向きの薄暗いこの四畳半を、あたしもリョウちゃんも、柏田家と呼んでいる。リョウちゃんの名字だ。それであたしの仕事部屋が、新里《にいざと》家。もちろんニイザトはあたしの名字で、それぞれの部屋に入っちゃいけないわけではないのだから、こんなこと、馬鹿馬鹿しいんだけれど、いっしょに住むときになんだかもりあがってそう呼ぼうと決めたのだ。ただの浮ついたノリだったけれど、今考えればそこにはいろんな暗黙の了解ごとが含まれている。いっしょに住んでもおたがいのプライバシーを尊重しあおうね、ということや、精神的にも経済的にも必要以上に依存しあうのはやめようね、ということ、この同棲が末永く気楽なものであるように、つまり、結婚だのなんだの、ややこしいことはできるだけ考えないようにしようね、ということなど。

そうして「柏田家」。スチールのパソコン机が窓辺にあり、部屋の中央にはエアロバイクがある。どちらも長いあいだ使われていない。あたしは息を吐く。大きな家具は増えていない。そうして壁一面にぴったりくっついたスチール棚。ここが要注意。できるだけよけいなものは見ないよう、東京都バス路線図二〇〇二年版を捜す。ない。ない。そうしてあたしは、ああ、見たくないものに気づいてしまう。

スチール棚の三段目、梱包《こんぽう》をまだ解かれていない、平べったい段ボール箱がある。開けなくても中身がなんだかわかる。だって側面に「蕎麦打ちセット」とでかでかと書いてあるんだもの。

ひとつ見てしまうと、ほかのものをたしかめずにはいられなくなる。これは人間一般の心理なのか、それともあたしだけの卑しくさもしい覗《のぞ》き見根性なのか、リョウちゃんと暮らすようになってからこっち、ずっと考えてるんだけれど答えは出ない。だいたい、だれにも相談できないから、答えを出してくれる人もいない。

やっぱり、ずいぶんあたらしいものが増えている。二段目の棚には、エアプラントが数個並んでいるし、まだあたらしい小型シュレッダーがその隣にある。一番下の奥にはボディブレードとおぼしき曲がった棒があり、プリンタに似た白く四角いプラスチックの箱がある。手にとってしげしげ眺め、くっついていた説明書を読み、ようやくそれが、食品なんかを真空パック状にするフードセーバーなるシロモノだと知る。

押し入れを開ける。下の段には予備の布団が入っている。上の段にはごちゃごちゃとした段ボールがいくつか。礼儀的にリョウちゃんが隠しているエロビデオ・エロ雑誌の類の箱もあるし、整理されていない写真がつっこんである箱もある。買ったまま、封を開けただけで使っていない流し素麵《そうめん》機や腹筋マシンの入った箱もある。つい最近届いたらしい、通販会社の名がでかでかと側面に書かれたままあたらしい箱がある。封が開けられ、いろんなものがつっこまれていて、憎たらしいことに、東京都バス路線図二〇〇二年版はその段ボールのなかに交じっていた。あたしはその箱を引きずり出して、なかを検分する。古いガイドブックや壊れたサングラスとともに、へんなかたちのワインオープナー、抱き枕、吸湿剤、箱に入ったままの自動血圧計なんかが詰め込まれている。銀色の四角いポーチが出てきて、何が入っているのか開けてみてあたしはへなへなとその場に座りこむ。出てきたのは、蜂蜜採集人がかぶるような、もしくは地下鉄サリン事件のときに救助隊がかぶっていたような、首まで隠れるいかつい防毒マスク。

台所からあたしの携帯着メロが聞こえてきて、バスマップ片手にようやく柏田家を出る。ああ、たすかった。携帯電話が鳴らなければあたしはあの薄暗い部屋で、やつがあらたに購入したものを捜して一日を終えていただろう。

電話はリョウちゃんからだった。何してたあ？　なんてのんきな声で訊く。あ、仕事してた、とあたしは咄嗟《とっさ》に嘘をつく。

「ふーん、えらいねえ。さっきおれ出てくときコマッチいなかったから声かけずに出てきちゃった、どっかいってた？」リョウちゃんは言う。

「あー、そうだあたしパン屋いってたんだ、小腹すいて。なーんだ、いきちがっちゃったんだ」

「パン屋ってワンコの？　それともジュテーム？」

「ワンコワンコ。こんなに糞暑いとさあ、ジュテームの顔見たくないもん、なんかパンも濃そうだし」

「あ、それ、コマッチひでえー。ジュテーム、いいやつだぜえ。ワンコっていい人そうだけど、こないだノグチ薬局の前で人の自転車倒してそのまま去ったの、おれ見たぜ。あの男、だれかに似てんなあーって三日くらい考えて、あ！　ワンコだ！　パン屋だ！って気づいたの、けっこうワルよあの男」

「そーゆうことってあるよねえ、じつはついさっきあたしもさー、ワンコの店で、どっかで見た人に会って」

「なに、だれだれ」

「それが思い出せないんだよう―」

「うそ、まじ？　うひー、きぼ悪りいだろ、そういうの？　どんな人よ？」

「どんなって、半分白髪でさあ、で、目がぱっちりした昔でいえばダダ系美人」

「なんだよダダ系って。白髪……目がぱっちり……それ、居酒屋マミーのマミーじゃねえの？」

「マミーじゃない。マミーはダダ系じゃない」

「ほんじゃ、あれか、総菜すずらんのエツコ？」

リョウちゃん本人と話していると、柏田家のことなどすっかり忘れてしまう。忘れるというより、どうでもよくなってしまうのだ。事実、銀色の携帯ポーチから出てきた防毒マスクなんて、明けがた見たシュールな夢の小道具にしか思えなくなっている。

「ってゆうかさあ、マミーとかエツコとか言ってっけどさあ、リョウちゃん何してんの？　仕事中じゃないの？」

「今ムラちゃんいなくて、事務所おれひとりでひましてたから電話しちった。ごめん、コマッチ仕事してたんだったっけ。邪魔しちまいました。ほんじゃ、切るわ」

「うん、またにー」

「今日七時には帰るかな」

「じゃあいっしょにごはん食べようねー」

「うっす、食べようねー」

電話を切り、バスマップを持ってあたしはベランダに出る。ポケットから煙草を出して火をつけ、商店街を見おろす。パールロードという名の商店街は、細長く、古びた商店が軒を連ねていて、歩いていると子どものころへ時間を逆戻りしている気分になる。あたしの立つ五階のベランダに、八百屋のだみ声や（はい今日はトマト、トマト安いよお、トマトはもうこれで最後だよお）、ばったり会った奥さんがたの声（ちょーッと佐藤さん！　こないだのあれ、あんがとうねえーッ）が響いてくる。

ここに越して一年半がたつ。あたしもリョウちゃんも、それまで家族以外の人と暮らしたことがなくて、三十歳も間近な二人がいっしょに暮らして、うまくいくのかね、なんて心配していた。とくにあたしは雑誌に雑文を書く在宅業で、家がそのまま仕事場になる。部屋捜しはだから、慎重に念入りにおこなった。陽当たりとか騒音とか、リョウちゃんの働くデザイン事務所に近いか否かといった生活環境よりも、あたしたちが優先したのは「相手に何かを強いる必要の生じない住まい」、という条件だけだった。言いかたをかえれば、「逃げ場所が確保されている住まい」。仕事部屋があること。プライベートな部屋があること。ちょっとくらい金額的に無理しても、煮詰まらない程度に広いこと。三十年近くべつべつに、また十年以上ひとりで暮らしてきたのだ、自分だけのペースがおいそれと崩せるはずがない。

その成果か、それとも相性がよかったのか、暮らしてみるとおどろくくらい自然だった。自分のペースを保ったまんま相手といっしょにいることは、あたしたちにはそれほどむずかしいことではない。少なくとも、当初不安に思っていたよりは。

一年半のあいだに、自然と、あるいは必要に迫られて、あたしたちはいろんなことを覚えた。相手に何を無理強いしたらいけなくて、何を期待しても許され、どこまでを自分の問題として処理しなければならないのか、どこから相手の責任だと言いきっていいのか。そしてこのちいさな町の、どこのパンがおいしくて、どこの飲み屋が値段のわりに味がよく、どこの酒屋のワインが豊富か、同時にそんなことも、この一年半でずいぶん覚えた。

そうしてその一年半は、皮肉にも、あたしは彼のどの部分と折り合いがつけられないのか、いやというほど自覚させられた期間でもある。

ものを買うのだ。買いすぎる。

経済的な話ではない。あたしたちは経済をわけて暮らしている。家賃も公共料金もはんぶんこ、自分が欲しいものは自分の稼いだお金で買う。だから、リョウちゃんがリョウちゃんの稼いだお金で何を買ったっていいはずなのだ。

リョウちゃんの購入癖に気づいたのは、引っ越して十日もたたないころだ。たがいの荷物がなんとか定位置におさまって、「柏田家」「新里家」「愛の寝室」もうまく整理し終わったころ、台所が今ひとつかたづかないとリョウちゃんが言い出し、大量の通販雑誌を買いこんできた。台所、べつにかたづいてるじゃん、とあたしが言うと、じゃあ、おれが自分のしたいようにしていい？　と訊くので、そいつはありがたいと、全部任せることにした。

一週間もしないうちに、奇妙なものが次々と家に届いた。流し台下収納棚、空き缶潰し機、生ゴミ処理機、大小の隙間収納棚。終わらなかった。ワインラック、伊賀焼きの炊飯釜、箸置きセット、浄水器、分別ゴミ箱、耐水ラジオ、耐水小型テレビ。次々と届くそれらを家にいるあたしが受け取り、判を押し、そうしながら唖然《あぜん》としていた。何が起きているのかまったくわからなかった。通販グッズが届かなくなったのはそれから数日後で、どうやらリョウちゃんの持ち金がそこで尽きたらしかった。

リョウちゃんはしかし、買ってしまうとたんに品物に興味を失うのか、届いた購入物をいつまでも台所に放置しておくので、それらの梱包を解くのはほとんどあたしの役目だった。まだ肌寒い初春だというのに、あたしは汗だくになっておびただしい収納棚を組み立て、浄水器をとりつけワインラック置き場をつくり、空き缶潰し機で空き缶をつぶしてリサイクルに持っていった。サイズも測らずただ買うから、いくつかのものは無駄になった。燃えないゴミの日に捨てたり、実家の母に送ったり、友達に安く売りつけたりした。買ったはずのものがそうやってなくなったことにさえ、リョウちゃんは気づかないのだ。ひょっとして、注文したものが届かなくてもリョウちゃんは気づかないのではないか。

ずいぶんとまた太っ腹な人だ、とそのときのあたしは感心した。正直な話、かっこいいとさえ思ったのだった。結婚を前提にせず、気楽に暮らそうという思いがあったから、お金を貯める必要もなかった。あればあるだけ使ったたって（あたしのお金ではないんだし）なんの問題もない。リョウちゃんの前につきあっていた男がかなりの吝嗇《りんしょく》だったせいもある。その元恋人は実際とても貧乏で、貧乏すぎてこすからくなってしまったのか、つきあうにつれ、あたしが財布を開くのを心待ちにしている感すらあった。だから、あぁ、はじめていっしょに住む男が貧乏でも吝嗇でもなく、太っ腹でよかったと、商店街を見おろすこのベランダで、あたしは安穏と煙草をふかしていたのだった。

なんだかこわい、こわいというより薄気味悪い、薄気味悪いというより、なんだろう、この気持ちをなんというのか、あ、かなしいだ、なんだかかなしいんだ、と、届けられる荷物を見てふと思ったのは、それから数カ月たってからだった。

かなしいというのはおかしい。次々と届く荷物にかなしいという形容詞はへんだ。かなしいというのは、ペットが死んだり失恋したり、大切なものがなくなったとき使う言葉のはずだ。でも、荷物を前にしたあたしを襲うある気分は、歴然としたかなしみだった。

すでに、共有の寝室とリビングダイニングは、使いもしない品物であふれていた。通信販売や雑貨屋や、インターネットやデパートのなんとか市でリョウちゃんが買いあさる、安っぽい、統一感のない、それでいて珍妙な生活感にあふれた品物たち。リョウちゃんが仕事にいくと、あたしとそれらの品物だけが家に残された。あたしはときおりそれらをじっと眺めた。気づくとそうしたまま煙草を一箱吸っていたこともあった。なんなんだろう、これは。あたしはぼんやり考えた。工具フルセット。ホットサンドイッチメーカー。庭用の装飾品らしき、キューピッドのオーナメント、点滅ネオンつきクリスマスツリー。アニメの声がベルがわりの目覚まし時計。本格パスタ製造機。これはいったい何か？　そうじゃない、パスタ製造機が何かはわかっている。そうじゃなくて、これらのものを買わずにはいられないリョウちゃんてのは、なんなんだろう。

考えているといつも、地下深くもぐっていくような気分になった。地中ずっと深く、どこまでかわからないが続いている螺旋《らせん》階段を、たったひとり、かつんかつんと靴音を響かせておりていく気分。無音と暗闇が重くのしかかり、呼吸をするのも苦しくなるような果てのない下降。

ふと我にかえり、あたしはベランダに避難した。数時間過ぎていて愕然《がくぜん》とすることがよくあった。アニメ目覚ましやキューピッドと向かい合って半日も無駄にした。なんて馬鹿馬鹿しい。

ある日の夜、あたしはリョウちゃんに喧嘩を売った。使いもしないこんなものを二度と買うな、無駄金使うな、どうしても買うならあたしの目に触れさせるな、ってゆうかあんた気持ち悪い、あんたのものの買いかたは、へんだし、理解を超えてるし、病的で、気持ち悪い。続けざまに言いつのった。リョウちゃんは何も言わなかった。夏で、蒸し暑い夜だった。あたしが黙ると、エアコンのまわる音がとりなすようにからからと響いた。無言のままリョウちゃんは立ち上がり、リビングや寝室に点々と置いてある物品を柏田家に運びこみはじめた。リョウちゃんの顎から垂れる汗がフローリングに落ち、いくつもの透明のまるができた。ごめん、と次の日の夜リョウちゃんは言い、こっちもごめん、あたしも言って、それで仲なおりだった。

しかしなんにもかわらなかった。根本的にはあれから何もかわっていない。通信販売の購入物は、あたしのいない日に日時指定でうちに届くか、リョウちゃんの会社に届く。それら通販グッズと雑貨屋やデパートで買ってきたものは、あたしの目に触れないよう柏田家に直で運びこまれ隠蔽《いんぺい》される。喧嘩後の変化といえばそれだけだ。何をあらたに買ったのか調べない、用もないのに柏田家に入らない、ひそやかに増えていく物品を見ない。それがあたしの、同居人としての歩み寄りであり、意味不明なかなしみから自分の身を守る方法だ。

日曜、あたしの仕事もちょうど終わったばかりだったので、とくべつ用もなかったけれど二人で繁華街に出た。町はずいぶん混んでいて、歩行者天国は人で埋め尽くされ、お茶を飲むのにも並ばなければならないほどだった。真夏が戻ってきたような陽気で、人と太陽の熱から逃れるようにデパートに入る。ああ、生きかえる、すずしいねえ、と言い合いながら歩き、ふと、バーゲンセールの赤い貼り紙があたしの目を引く。

「リョウちゃん、セールやってる」

「見てく?」

「見てく見てく! リョウちゃんは自分のもの見てきたら? 気がすんだら携帯に電話する」

「わかった、じゃあおれCDでも見ーてよっと」

婦人服売場の前であたしたちは手をふりあう。エレベーターに乗るリョウちゃんのうしろ姿を見送って、人でごったがえすフロアを、あたしは熱に浮かされたように歩く。全品二〇パーセントオフ。全品半額。ナショナルスタンダード、ズッカ、ツモリチサト、アナスイ、トゥモローランド、目に入るものすべてが欲しくなる。そういえば、忙しかったせいもあって、最近身のまわりのものをまったく買っていない。身近にあったテナントに飛びこんで、ほかの女たちと奪い合うようにシャツやらスカートやら手にとっていると、あれもこれも欲しくなり、自分が物欲のかたまりと化していくことがわかる。試着もせずに数着の服を握りしめレジに並びながら、こんな気持ちなのだろうかと思ってみる。通信販売でものを選んでいくときのリョウちゃんは、バーゲンセールにおけるあたしのようにあまやかな庶民的興奮を味わっているだけなのか。きっとそうだ。同じ気持ちのはずだ。レジに並びながら向かいのテナントのディスプレイをチェックし、あたしは理解しようとする。愛する男の奇怪な性癖を。

携帯に電話をせず、とりあえず六階のCD屋にいってみると、リョウちゃんはまだそこにいた。パンク・ハードコアのコーナーで新譜を試聴している。隣に立つと、

「おお、買ったねえ」

ヘッドホンを耳にあてたまま大声で言う。

「おお、買ったさ。たがをはずしたさ。物欲の鬼になったさ。リョウちゃんは？」

「うーん、迷ってるんだよねえ」渋い顔でヘッドホンをはずす。「買おうかどうしようか」

「なに、だれのCD？」

「ジャドの」

「えー、リョウちゃん好きじゃん、ジャド・フェアでしょ？　買ったらいいじゃん。今なら一〇パーオフだよ」

「それがさあ、なんかタイトル見たら曲、二十曲以上入ってんの、二枚組でもないのに。なんかやばっぽくない？　捨て曲集めたっぽくない？」

「試聴できないの？」

「できない。うーんどうしよう」

フロアの真ん中でリョウちゃんは立ち止まり、腕を組んで考えこむ。何人かが迷惑そうに、突っ立ったリョウちゃんをよけて歩く。

「じゃあさー、お茶飲んで、それでも決められなかったら地下ぶらぶらしてなんかおいしそうなもの買ったりして、それでまだ気になってたら戻ってくれば？」

「そうだな、うん、そうしよう」

私たちはデパート内の喫茶店でお茶を飲み、買うかやめるかまだ決められないと言うリョウちゃんのために地下を歩き、ケーキや一口餃子を眺めて歩く。フロアの真ん中でエスニック・フェアと銘打った催しをやっていて、ちょっとのぞいただけだったのだが、何かがリョウちゃんの購買意欲に火をつけたらしく、両手に荷物を抱えるあたしを放ったまま、リョウちゃんはあれこれと品物を選びはじめる。タイのカップヌードル、マレーシアのレトルトカレー、韓国チヂミの素、ベトナムの魚醬に塗り箸、ここまで手にとったところで買いものかごを持ってきて、中国のお茶、ブータンのお菓子、ネパールの布地、ミャンマーの竹籠、もうとまらない、シンガポールの缶詰、インドネシアの盆、台湾の冷凍飲茶、インドのカレー用スパイスセット、品物は次々とかごに放りこまれる。

エスニック・フェアの周囲にはベンチが置いてあり、どこも人で埋まっていたが、実演販売の台湾かき氷を食べるカップルのベンチにお邪魔させてもらい、並んだワゴン内を見てまわるリョウちゃんをあたしはしげしげと眺めた。口は半開きで、目はへんな具合に据《す》わっていた。そんな人を実際見たことはないけれど、魂が抜け落ちた人というのはこんなんじゃなかろうか。この人はこういう顔で通販雑誌をめくっているのかと至極冷静に思った。バーゲンセールにおけるあたしとは決定的に何かが違うような気がした。彼が満たしているのは物欲ではないような気がした。

「ひー、はまったー、おれもたが外れたよー」

両手に紙袋をさげてリョウちゃんは売場から無事脱出してきた。

「もう帰ってこないかと思ったよ」思わず本音を言うと、

「おれももう帰れないかと思った」リョウちゃんは冗談で返し、しかしあたしは笑えずに、

「あ、ＣＤはどうするの」話題をかえる。

「うん、よく考えたんだけどやっぱあれ、買わない。だから帰ろっか。コマッチどっか

ほかにいきたいところある？」

「ないよ、じゃあ二人とも大荷物だし、帰ろうかねえ」

「おう、帰ろう帰ろう」

両手に紙袋を抱えてあたしたちはエスカレータ乗り場へと向かう。好きなアーティストのCDはあれだけ迷って買わないのに、おそらくもう見向きもしないだろうブータンの菓子を、なぜぽんと購入するのか、あたしにはわからない。きっとリョウちゃん本人にも、理由なんかわからないだろう。

帰宅して郵便ポストを開けると、ピザ屋のちらしとともに、宅配便の不在通知が入っている。リョウちゃんはあたしの手からそれをもぎ取るようにうばい、尻ポケットにねじこんでいる。あたしはいつもどおり、何も見ない、何も気づかなかったふりをして、デパートの紙袋をがさごそいわせながら階段を上がる。三階から四階へ上がる踊り場で、急に視界が開ける。商店街が見おろせ、彼方まで低い屋根が連なっているのが見渡せる。連なる屋根の向こう、給水塔のあたりに夏の日は沈む。まんまるい橙色は、給水塔よりだいぶ右側にしずみかかっていて、季節は夏から秋へかわったんだとふいに気づく。突然泣きたくなる。どうしてリョウちゃんは不在通知をあたしに隠さなければならないのか。自分の金で欲しいものを欲しいように買うという行為を、どうしてあたしは許せないのか。どうして好きな男にこそこそした真似をさせてしまうのか。

「なんかさあ、腹すきすぎくない？　ちょっとおれ今マックスで腹へり状態。今日さー、ごはんつくるのやめてマミーいかねえ？」

あたしのうしろから階段をのぼるリョウちゃんはあかるい声を出す。

「えー、居酒屋マミー？　マミーって気分でもないかな。今日はなんか、あたしものすごい味のぎとぎとしたものが食べたい。源氏のモツ煮とか源氏の煮カツとか源氏のレバーの甘辛煮とか源氏の塩ホルモンとかそんな感じの」

あたしも負けずにあかるく言い放つ。このアパートの階段はこういうとき便利だ。横に並んで歩けないから、一列になって、たがいの顔を見ずにあれこれ言い合える。怒りや失望やかなしみやあきらめをかくして話ができる。

「そんな感じじっていうかそれってまんま源氏じゃん。じゃあ源氏いく？　荷物置いて」

「いっすなー、つめたいビールかーんとさ」

「でも源氏のモツ煮ってなんかやばいらしいよ」

「何やばいって」

「ペットショップから闇のルートで」

「やめてやめてそういう話、あたしマジ駄目なんだわ、リョウちゃんそういうのどこで仕入れてくんのー？」

「こないだサウナいったじゃん駅前の、そこでおっさん二人しゃべってた」

「うわー、きっとそのおっさん、鳥源の経営者だよー、陰謀だよー、鳥源のおっさん源氏をにくんでるしさー、なんか腹黒そうだもん、でもそれって犯罪じゃないのかな、風説の流布《るふ》って」

「犯罪ってコマッチさあ……なんか超狭すぎ、ご町内国家」

五階のあたしたちの部屋にたどり着いてしまう。太陽はもう屋根の向こうに隠れて、空にうっすらピンク色を残しているのみだ。ああ、ずっと階段をのぼりながら源氏のモツ煮や鳥源の陰謀についてだけ話していたいと、鍵を用意しながらあたしはそんなことを思う。ずっと、一生だっていい。あたしはふりかえり、

「じゃあ買ったばっかのズッカのワンピ着てこうかな」

背後にいるリョウちゃんに笑いかける。

商店街の路地にある居酒屋源氏でたらふく飲食したあと、ビデオを一本借りて帰ってきたのだが、冒頭の他作品CMが終わらないうちにリョウちゃんはソファで眠ってしまった。あたしはビデオを止め、薄く口を開いて眠る男を見おろす。顔がまだらに赤い。酔うといつもそうなのだ。あたしは泥酔するとかならず記憶がなくなるので、妖女記憶飛ばし、酔拳まだら男、なんて意味不明のことを言い合って、交際をはじめたばかりのころはいつもふざけていた。部屋はしずまりかえっている。今日は商店街の騒音もない。ソファに横たわり眠るリョウちゃんの、薄く開いた唇にそっと指を差し入れてみる。リ

ヨウちゃんは眠ったまま顔をしかめ横を向く。薄くいびきをかきはじめる。

あたしは足をしのばせて部屋を出、暗い廊下を進み、柏田家のドアを開く。どうしてそんなことをしているのか自分でもわからず、やめろ、ひきかえせと心のなかでくりかえしているのに、ストップ号令のその声は逆にあたしの背を押し、するりと玄関わきの部屋に入れてしまう。部屋は蒸し暑く、暗い部屋に外廊下の明かりが白く入りこんでいる。さっきデパートで馬鹿買いしていた竹籠だの盆だのが、デパートの袋につっこまれたまま部屋の真ん中に投げ出されている。ぼんやりした白い光のなか、あたしはさほど広くない部屋をぐるり見渡す。スチール机の下に、このあいだはなかった段ボールが押しこまれている。押し入れの前に見たことのない紙袋が置いてある。いったい何が入っているのだろう。段ボールに近づき、手を伸ばし、ふいに部屋の煮詰まった空気が重たく感じられ、窓を開けにいく。秋のはじめの冷えた夜気が部屋に流れこんできて、あたしは息を吐く。電気をつけようと壁に手を這わせ、そのとき、突然ある記憶が洪水みたいにあふれ出て、思わずあたしは動きを止める。

それは小学校の、夏の遠足のことだった。あたしはまだ七つか八つで、あれはどこだったんだろう、江ノ島か、それとも小田原のほうまで遠出したのか、とにかく岩場の多い海があり、砂浜をずっと歩いた先に、洞窟がぽっかり口を開けていた。生徒は二組に分かれ、それぞれひとりずつ洞窟の奥にすすみ、奥にある大岩にタッチして戻る、戻ったら次の生徒が大岩へ向かい、どちらが早く終わるか競うという、意味のないわりに競争意識をあおるゲームをさせられた。

あたしの番がきて、負けまいと必死に駆け出して、濡れた砂を蹴って奥へすすみ、しかしある時点で足がぴたりと止まってしまった。その場に突っ立ってあたしは目を凝らした。奥にいくにつれ洞窟は暗さを増し、ふりむくと、入り口ははるか遠くで白く光っていた。すすむ先へもう一度目を向ける。数メートル先には、入り口の光が届かないほど濃い闇があった。うしろから駆けてきた子どもが、何か叫びながらあたしを追い抜き、闇の奥へと走り去った。その子の黄色いTシャツは闇に飲まれるように消えた。その子が残した叫び声だけが反響して残っていた。クラスメイトを飲みこんだ果てなく深い闇を前にして、あたしは立ちすくんだ。足を動かすことができなくなった。ふりむいて光の出口に向かうこともできなかった。闇に消えた子どもはいくら待っても出てこなかった。ねばついた汗が額からこめかみから流れ落ち、気づいたらしゃがみこんでいた。足も手もこまかく震えていた。先へすすんだ子どもの名を呼ぼうとしたが、声は出ず、口を開くと歯がかちかち鳴った。

洞窟の真ん中で急にパニックを起こしたあたしは教師たちによって救出された。何がそれほどこわかったのか、あたし自身、そのときも今も謎なのだが、おしっこすら漏らしていて、教師のひとりがバスのなかで下着をはきかえさせてくれた。お弁当は教師につきそわれたまま、ひとりバスで食べた。教師はあたしをなぐさめたり、暗闇なんかこわくないのだと笑い飛ばしたりした。あたしは幾度もうなずきながらつめたいお弁当を食べた。あたしひとりリタイアした上おしっこまで漏らしたので、いじめられるんじゃないかとびくびくしていたが、クラスメイトは必要以上にあたしを心配し、気づかってくれさえした。みんなは、あの洞窟の奥に何があるのか全員知っているのだと、そうされながら気づき、愕然とした。平然と闇の奥にすすみ、そこにある何かに触れて帰ってこられた同い年の子どもたちに、畏敬の念すら抱いた。

すっかり忘れていた夏の一日を、なんだってこんなところであたしは思い出しているのだろう。不思議に思うものの、そのときの感触が細部にわたって思い起こされる。磯のにおいのきつい闇、音もなく逃げるフナムシ、急激に温度を失う濡れたパンツ、顎にしたたり落ちる汗。手に足に、目に鼻によみがえるそれらの記憶を、あのときの教師のように笑い飛ばして、机の下に押しこまれた段ボールを、あたしは猛然と引っぱり出す。外廊下からもれるぼやけた明かりの下で、箱を開けて中身を取り出す。まあたらしいヘッドホンが出てくる。梱包されたままのMDウォークマンが出てくる。防水壁掛け時計が出てくる。卓上クリーナーが出てくる。それらを次々床に放り出しながら、心のなかに広がる感情はやっぱりかなしみだとあたしは思っている。

いくら買っても、何を買っても、どれほどの量を買いそろえても、リョウちゃんに届けられた瞬間それらは全部無になってしまう。リョウちゃんの抱え持つ洞窟に音もなく飲みこまれてしまう。吐かれるために食べられる大量の食べものがすでに食べものではないように、防水壁掛け時計も防毒マスクも、無意味な、無価値な、無益な砂塵になってリョウちゃんに吸いこまれる。そこにありながら失われてしまう。リョウちゃんは、あたしのたいせつな恋人は、あたしの前で口を開いた洞窟なのだ。そうしてあたしは未だその入り口で立ちすくみ、その一番奥に何があるのか見極めるための一歩を踏み出せないでいる。

ぱっくり口を開いた闇に背を向けて立ち去るべきなのか。それとも、気持ちを奮い立たせて今度こそ足を踏み出すべきなのか。中身を全部床にばらまき、からっぽになった段ボールの底を両手でなでさすってあたしは考える。

肩口に視線を感じ、びくりと体をかたくしてふりむくと、開け放った窓の外、やけに白いまるい月が見えた。それはまるで、あのときはるかかなたで光っていた洞窟の出口みたいだった。

57577

出ていけと言えればきっとここにはいないここにいるからレーズン囓《かじ》ると、心のうちで無意識につぶやいて、ああ、自分は今かなりのストレスに耐えているのだと気づいた。

「えー、そんで結局下級生にぼこられてどうしたんすか」

ぼくのほうに顔を突き出して訊くショートカットの子の名前は、以前聞いたが思い出せない。

「いや、どうしたもこうしたも、べつにそれだけ」ぼくは答える。

「それだけじゃないじゃん！」完璧に酔ったナミちゃんが、声をはりあげて遮《さえぎ》る。「下級生がこわくてエッチできないままその女の子と別れて、そんで二十歳までヨウちゃん童貞だったんだよね！」

部屋にいる全員がどっと笑う。ぼくも彼らにあわせて曖昧《あいまい》に笑みを浮かべてみるが、おもしろいことなんか何ひとつなく、本気でこの女と別れようとぼくは決意をかためる。

いとしさと許せぬこととを天秤《てんびん》にかけ別れる数値を捜し出す日々

口に放りこんだレーズンを前歯で嚙みながらぼくは五、七、七、と指を数え、しかし別れるなら部屋捜しからはじめるんだな、と気づいて憂鬱な気分になる。部屋を捜して、荷物を分けて、このコンポはどっちので、二人で買った冷蔵庫はどっちので、とか、やるのかと思うとうんざりしてくる。

ちょっとちょっとあたし煙草買ってくっけどほかになんか欲しいものある人ーっ？　と、丸顔の女の子が必要以上に声をはりあげて言い、あっあたしも！　マルボロメンソール？　だの、じゃあポテチたのむ？　だの、おれカップラーメン食いたし？　だのと、一瞬部屋は競り市場みたいな騒ぎになる。

十時すぎポテチを食らうと脂肪過多しかもポテチは発癌するぞ

心のなかでつぶやいた口調の、あまりの暗さに我ながら苦笑する。

「陽輔《ようすけ》さん、ミモザのおかわりつくりましょうか」

部屋の隅でひとりレーズンを嚙っているぼくに、髪の長い女の子が訊いてくれる。たしか神田さんという女の子だ。

「あ、いーのいーのヨウちゃんは飲めないから飲まさないでいーの」

完璧に酔ったナミちゃんがろれつのまわらない口調で言い、きゃははははと意味もなく長く笑う。買いものを名乗り出た丸顔の子のおかげで、話題はぼくの過去恥部から彼らの職場のことに移行する。

「つーか昨日の結婚式最悪だったよねーっ、ほらあの二時からの」

「知ってる！　女の名前忘れたけど男が真鶴《まなづる》っつーんだよ。真鶴家。あんときチェリーの係だった人最悪だったよ」

「なんか酔っておっさん怒鳴ってたじゃん、でもあれ何語？　訛《なま》りすぎてて何言ってんのか全然わかんなかった」

「ガキはなかで鬼ごっこはじめるしねー、おしっこもらすしねー」

数人が座卓に身を乗り出してやかましく話す。彼らは全員、ナミちゃんの仕事仲間で、結婚式場も兼ねたホテルで働いている。みんな、クローク係なのだ。

「ただいまー、買ってきたよ、煙草とポテチとカップラーメンと……あといろいろ！」

丸顔が帰ってきて、

「お湯ー、ナミちゃんお湯ーっ」

眉毛の妙に太い男（たしか入野井《イリノイ》くんという、どっかの州とおんなじ名前）が幼稚園児のように叫んでいる。

お湯お湯と人の女に指図してそれよか気づけよチャックが全開
まったくくだらないがそんなことを思い、しかし次の瞬間五七五七七で自分の気分を確認するのがだんだんみじめになってきて、ぼくは口のなかのレーズンを飲み下したあと立ち上がる。

「ナミちゃん、おれもう寝るわ」

台所で身をくねらせながら湯を沸かしているナミちゃんに言うと、

「ダーリンおやすみーん」

ナミちゃんは言い、しなだれかかるようにしてぼくの頬をぺろりとなめる。

暗い寝室に浮かび上がる天井を眺め、扉の向こうからビールの泡みたいにあふれてくる騒音をなんとなく聞き、ぼくは何かを考えようとし、けれどなんにも思い浮かばず、頭のなかで空白を抱えこむようにしずかに呼吸をくりかえす。

思ったことを五七五七七と区切ってしまうのは、短歌をつくっているつもりじゃ全然なくて、ナミちゃんといっしょにここに引っ越してきたときにできた単純な癖だ。真夏、お互い仕事もいそがしいさなかの引っ越しだったから、途中疲労がピークに達し、ものすごく険悪な雰囲気になった。引っ越してきた一日で同棲解消かというほど不穏なムードのなか、ナミちゃんが五七五七七で突然話し出したのだった。「蕎麦食いてえきんと冷たいビールつき一度思うととまらぬ煩悩《ぼんのう》」だの「段ボールあけてもくれても段ボールいっそ屋内野宿はどうか」だの、「見てごらんあの煙突は銭湯だ風呂が壊れりゃ二分でいける」だの、くだらなかろうが無理矢理だろうが、とにかくすべての会話を真顔のままそんな調子でやるものだから、あまりに馬鹿馬鹿しくて笑えてきて、いつのまにか険悪ムードは霧散し、じつになごやかに引っ越しを終えた。それから数日間、五七五七七調はぼくらのあいだではやった。五七五調もやったのだが、何か言い足りない感じで、五七五七七のほうが言い合いやすかった。そのたんびにぼくらは笑い転げ、相手をもっと笑わせる歌をひねり出そうと空《くう》を見つめ指を折った。

そんなのは一年も前の話で、ナミちゃんはたぶんすっかり忘れているだろうし、ぼくも彼女の前でもう五七五七七で話したりはしないが、じつはあののち、何かあると気分を五七五七七と変換させる癖がついてしまった。とくに、いやなこととかストレスフルなこと、むかつくこと不快なことは、そうして茶化すように似非《えせ》短歌調にまとめてしまえば、なんだかどうでもいいことのように思えるのだった。どうでもいいと笑い飛ばす価値もないくらいちっぽけなことに。

過去恥部をともに笑えぬ暗い我投げ捨てちまえ羞恥心なぞ

などとまとめてみれば、仕事仲間のみんなの前で、ぼくのなさけない過去を披露し童貞喪失の年齢まで口にしたナミちゃんに対し、許せない、ぜったい別れてやると息巻いた自分が、ケツの穴のちいさな、しょぼけた男であるように思えてくる。そんなことどうだっていいじゃないか。Ｓホテルのクロークなんてぼくは一生利用しないだろうし、それに、あと数カ月たてばきっとナミちゃんはどうせべつの場所で働いているんだろうから、ぼくの童貞喪失年齢を知った神田さんやイリノイくんにもう二度と会うこともないのだ。

おもての電飾看板の明かりがカーテンをとおって薄く部屋の壁を照らしている。ぼくは目を閉じる。扉の向こうから、夢のなかのパーティみたいにざわめきが聞こえてくる。

仕事に出かけるナミちゃんを八時に見送って、朝食の後かたづけをし、九時前には仕事にとりかかる。コンピュータを立ち上げて、料理雑誌の、基礎Q＆Aのレイアウトをすすめていく。

自宅で仕事をするようになったのはつい最近のことだ。独立なんていうと聞こえはいいが、つとめていた編集プロダクションが倒産したのだった。放り出された社員たちは行き場もなく、年齢の近かった数人で寄り集まって有限会社を作り、今までつきあいのあった数社と仕事を続行している。有限会社を作って気づいたのだが、メンバーのほとんどが非社交的で、できることならだれにも会わずひとり黙々と作業をすすめることを好む人間ばかりだった。それで、事務所としての共有場所を借りることをせず、個人でできる仕事は連絡を取り合いながら在宅でこなすという、なんだか引きこもり集団のようなことを続けて数カ月がたつ。

何かを決定するために、どうしてもメンバー数人が集まらなければならないときは、みんなうちにやってくる。これはひとえにナミちゃんのおかげである。見知らぬ人間が家に出入りすることにまったく頓着しないどころか、ナミちゃんは子どものようによろこんでかいがいしく接客までしてくれるから、引きこもり系メンバーも気兼ねなく集まれるし、時間を気にせずああだこうだと話し合うこともできる。とすると、ぼくらが作った有限会社を維持しているのはほかのだれでもない、ナミちゃんなのかもしれないと思うこともある。

九時をすぎて、インタフォンが鳴る。宅配便だった。オートロックを解除して待つ。あの声はたぶんゴールドさんだ。ゴールドさんとはA社の配送員で、いつも制服の下に金のネックレスをしているからナミちゃんがそう名づけた。B社の配送員はのっぽさん（背の高い若い男）だし、C社はスケボーくん（ニットキャップをかぶっている）である。昨日内田にたのんでおいたレイアウト用の写真コピーかと思ったが、にこやかにゴールドさんが差し出す荷物は包装された真四角の箱だ。

「はい、おまちかねの味噌よ。おいしかったらまた教えて」ゴールドさんは言う。ひとなつこいおじさんなのだ。

「はあ」しかしぼくはゴールドさんが何を言っているのかわからない。

「去年の冬にさ、教えてもらったじゃない、さんま」ゴールドさんは手にした用紙にはんこを押しながら言う。

「はあ」

「ほら、さんまの一夜干しよ。あれワタシも取り寄せてみたんだよね、そしたらまあ、んまかったなあ。ナミちゃんにお礼言っといて」

「ああ、さんま」ようやく合点がいく。ナミちゃんの職場では去年の秋から地方名産の取り寄せ便がはやっていて、ナミちゃんも一カ月に数度何かを取り寄せている。

「塩と水を極限まで控えた天然三年醸造の味噌だって、ナミちゃん言ってたよ。あれ、四年かな」

用はすんだのだろうにゴールドさんは開いた玄関ドアにもたれかかってそんなことを言い、にこにこ笑っている。

「はあ、いろいろあるんすね。ぼくはあんまりわかんないけど」

「わかんなきゃだめよ、だんなさん、おいしいものわかんなきゃだめ。せっかく奥さん取り寄せてくれてるんだから。それじゃ、どうもね。ナミちゃんによろしくねえ」

不思議な茶目っ気でゴールドさんは言い、口笛を吹きながらアパートの廊下を去っていく。ずしりと重い四角い包みを、しばらくその場で眺めていたが、ひとつため息をついてぼくはそれを冷蔵庫にしまいにいく。

料理の基礎Q＆Aのレイアウトをコンピュータで牧原に送り、同じ雑誌の読者投稿欄にとりかかる。牧原から電話がかかってきて二、三やりとりをし、電話を切ると一時を過ぎている。

昼食をとるために外に出ると、空はずいぶん高く、青く澄んでいて、一ヵ月前に過ぎたばかりの正月を思い出した。今年こそはおたがいの実家に挨拶にいこうとナミちゃんと言い合っていたが、新幹線の切符を買うことも親と連絡することもなんとなく面倒で、結局どこへもいかず、アパートで二人、朝から酒を飲んで過ごした。

何を食べようか。菊まつ亭の定食が思い浮かび、A定にしようかB定にしようか早くも迷いながら商店街をそちらに向けて歩き出したものの、数メートルも歩かないうちに菊まつ亭のおかみさんの顔が浮かぶ。十二時から一時のあいだなら、店は混んでいておかみさんは忙しく立ち働いているが、今は一時過ぎだ。暇を持て余した彼女はきっとぼくの横にぴったりはりついて、うちの内部事情についてあれこれ言うに違いない。結局車は買うことにしたのか、だとか、中古車はやめといたほうがいい、だとか。草津の温泉にいくって言ってたけどどうなった？　だとか、穴八幡のお札買い忘れたんだって？　だとか。

かといってファストフードも食べたくないし、弁当屋の持ち帰りもいやだ。商店街をさまよったあげく、年末に開店したものの人が入っている気配のまったくないパスタ屋に、まずいんだろうなきっと、と思いながら入った。

すべてのテーブルにギンガムチェックのクロスがかけられた少女趣味な店で、ひとり隅っこの席に座り、メニュウを見る。失敗した、と思ったが、出された水はもう飲んでしまったし、今さら出ていくわけにもいかず、注文を取りにきた中年女性に「森の妖精の贈りものパスタ」を頼む。クロスとそろいのエプロンをし、リボンつきカチューシャをした中年女性は厨房に向けて「森一丁」と叫び、ちらちらとぼくを見ていたが、水をつぎ足しにやってきて、口を開く。

「結局、車、買うことにしました?」

ぎょっとしてぼくは中年女を見上げる。驚きのあまり頭の奥がじいんとしびれ、群衆のなかに丸裸で立っているような錯覚を抱く。

「オートバイ、大変でしたよね、あんな目にあって……。でもこのへん、増えているみたい。なんでもそういう窃盗グループがあるんですって。きっと、持ってこうとして持ってけなかったから、腹立ちまぎれにやったんでしょうね」

呆気にとられたぼくが何も言わずにいるのに彼女ははたと気づき、

「あら、すみません、人違いだったかしら」あわてて言う。「えーと、ナミちゃんのご主人……じゃなかったかしら……」

「ああ、いえ、あの、違ってません。人違いじゃないです」ぼくはうつむいてもごもごと言う。

「そうですよねえ。たしかこないだ生協で、ねえ」

森、おまちどう、厨房から野太い男の声が聞こえてきて、中年女はそそくさとぼくのテーブルを離れ、妖精の贈りものパスタをぼくの目の前に置く。

妖精が町じゅうに降り言いふらす我が家の味噌が赤いか白いか

皿から立ち上るにんにくくさい湯気を浴びながら、ぼくはそんなことをつぶやいて気持ちを落ち着かせようとする。

年末に、ぼくとナミちゃんの共用オートバイが何ものかによってめちゃくちゃにこわされ、廃車にするしかなく、その事件に懲《こ》りて今度は安い中古車を買おうかどうしようか迷っている。はじめて入ったパスタ屋の女がそういうぼくらの事情を知っている、これはそんなに驚くようなことではないし、実際、ぼくはこういうことにはもう慣れた。たぶん、ここへひとりで食事にきたナミちゃんが例の調子でぺらぺらとしゃべり、生協でぼくらが連れ立って買いものしてるのをカチューシャおばさんは見て夫婦だと思い、それで気安くぼくに声をかけた、というよくある図式なんだろうが、しかしやっぱり、突然見知らぬ中年女にそんなことを言われるとかなりぎょっとする。なんていうのか、自分が今はいているトランクスの柄や、昨日の昼すぎぼくが何をネタに自慰行為をしたかまで、このカチューシャ女に知られているような、どうしようもなく心細い気分になる。この気分にはどうしても慣れることができない。

やっぱりパスタはまずかった。麺は茹《ゆ》ですぎでうどんみたいだったし、にんにくはいつまでもぴりぴりと口に残り、オリーブオイルはしつこく腹にもたれた。

「今度はナミちゃんといらしてくださいね。サービスしますから」

店を出るぼくに、リボンつきカチューシャおばさんは明るく声をかける。

まっすぐ家に帰るつもりだったが、口のなかがにんにくくさい脂っぽいわで、アパートの一階にあるコンビニエンスストアに向かう。ペットボトルの烏龍茶とダイエットペプシをレジに持っていく。持っていってすぐここへきたことを後悔するが、もう遅い。

「ヨウちゃんお疲れさま」

レジにいるのは遠藤さんだ。そして店内にはぼく以外の客がいない。

「最近、帰り遅いだろ、ナミちゃん」

カウンターに並べたペットボトルのバーコードを機械で読みとりながら、訳知り顔で遠藤さんは言う。

「はあ」

「残業たいへんだよねえ。ナミちゃん、自分から名乗り出て残業引き受けてるんだってよ。えらいよねえ。できることじゃないよ」

このコンビニは一年前まで酒屋だった。遠藤さんは店主のおばさんだ。コンビニになった今も、遠藤さんは朝も昼も夜もレジに立っている。

「どうしてだかわかる？　ナミちゃんがそこまでがんばってるの」

「いや……」ぼくは千円札を渡しながら首をひねる。

「わかんないよねえ。あんたはしあわせだよ。来月誕生日なんだろ？　三十歳になるんだろ？　はやいとこ結婚しちゃいな。あんないい子、いないからさ」

釣りを渡しながら遠藤さんは言う。ほかの客が入ってきて、遠藤さんの注意がそちらに向いた隙にぼくは逃げるようにコンビニを出る。ありがとうございましたァ、遠藤さんの粘《ねば》つくような声が自動ドアからぼくを追いかけてくる。来月の誕生日のプレゼント資金のために残業をしているって、とてもいい話だよな、共同玄関のオートロックを開けながらぼくは考える。遠藤さんから聞かなければ、本当にいい話なんだけれどな、と。

内田の写真はポスト投函されていた。牧原にまた電話をし、写真と文字の組みかたについて指示をあおぎながらパソコンを立ち上げ、電話を切って仕事を再開しようとして、しかしまったく集中できない。ふと気づくとぼくは窓の外をぼんやり見つめ指を折っている。

特別に隠すべきことなどないよだけど教える必要もない

ちょっとこれはそのまますぎて気分的に何か救われない。もっと茶化さなければやりきれない。

水炊きね昨日の夜は鶏ガラで輪唱される商店街で

遠藤さん以外の口から聞いてれば泣ける話が十七はある

仕事場の窓からは、遠く、新宿の高層ビルが霞《かす》んで見える。このアパートへ引っ越してきたとき、ベランダから明かりの灯った新宿の町を飽きもせずナミちゃんと眺めていた。その気になってワインなんか飲みながら眺めたこともあった。三角形に見えるドコモビルを東京タワーと間違えて、部屋から東京タワーが見えるとぼくらは興奮し、十二時に電飾がふっと消える瞬間が見たくて、十一時五十分からずっと見張っていたりした。結局電飾は消えず、位置的に東京タワーが見えるはずがないと後日わかって大笑いした。ベランダで新宿の明かりを見ていたあのころは、五七五七七調はまだはやっていたんだったか。バカップル夜空に捜す東京タワー……なんてやってたんだったか。

ナミちゃんがずばぬけて開けっぴろげな性格なのは、同棲前の交際期間から知っていた。ぼくは内向的だし、人づきあいが苦手で無愛想だから、たすかることも実際多い。とくに、いっしょに暮らしてからは。

けれど、と思う。このままずっと、ぼくは自分の毎日を茶化して過ごしていくんだろうか。コンポはどちらのものテレビはどちらなんて七面倒なことを背負いこんで引っ越してしまうのと、怒りやため息ややるせなさやそんなものを五七五七七と区切り苦笑してやり過ごすのと、どっちが楽なんだろうか。

雲のない正月みたいな青い空を、ちいさなヘリコプターが横切っていく。

「何、今の仕事やめんの？　なんかあった？」

床に投げ出されたアルバイト情報誌を見てぼくは訊く。

「べつに」ナミちゃんは言葉を濁し、水炊きの鍋をつつく。けれど彼女が黙っていられるわけがない。きっとあと数分後には職場で何があったか細部まで話し出すだろう。と思っていると、数分も待たずに「なんかさあ、カンちゃんイリノイのこと好きだったでしょ？　それってみんな知ってることじゃん」と話し出す。「それにカンちゃん、なんか気づいてほしそうだったし。だからあたし何か役にたてればいいなって思ったんだけど」

いつもと同じだ。今回は一年と数カ月だから、けっこう長続きしたんじゃないか。鍋から湯気があがり、ナミちゃんはその湯気に顔をつっこむようにしてぼくに話す。

「あたし、マジでそう思ったんだよ。それで、何気なくみんなで話してるときその話したらカンちゃんすっげー怒っちゃって。でもそれって、あたしも悪いけどカンちゃんとあたしの問題でしょ？　なのに、女子は女子でつるみやがってさあ。二十代後半で集団無視とかってありえなくなーい？」

ホテルの前はクリーニング店だった。そこでもナミちゃんは客の話をほかの客にして何かトラブルを起こしたのだった。その前の居酒屋は、店長とアルバイトの不倫についてロをすべらせたのじゃなかったか。

「なんでわかんないの？　公表していいことと悪いことと」ぼくは笑う。

「えーだってさ、公表できないことなんかふつう自分が口にしないじゃん？」ナミちゃんは阿呆な子どもみたいに口をとがらせる。「それ自分で言ってるんだから」

「あのさ」ぼくはナミちゃんの話を遮る。「話かわるけど、魔女のなんとかってパスタ屋あるじゃん」

「ああ、魔女の贈りもの？」ナミちゃんは皿にポン酢をつぎ足しながら言う。

「こないだあそこで、車のこと言われたんだけど、あのおばさん知り合い？」

「知り合いっていうか、ヨウちゃん留守だったとき何回かごはん食べにいったくらい。あのね、あのおばさん、マリコさんっていうんだけど、マリコさんの息子さんの友達もバイクやられたんだって。はやってるんだよ、このへんで」

「なんかさ、前も言ったけど、商店街の人全員、ぼくらんちのこと詳しすぎない？」

ナミちゃんは一瞬黙る。以前もこんなようなことで喧嘩になったことがあるのだ。箸の先をくわえてしばらくぼくを見ていたナミちゃんは、しかし次の瞬間開きなおったような得意気な顔つきになる。

「でも、隠すようなことでもないじゃん。バイクが壊されたことなんて、逆にみんなに教えてあげといたほうがいいと思うけど。そうすれば未然に防げることもあるかもよ？」

「宅配便の人、届けものの中身知ってたぞ」

「ゴールドさんでしょ。だってあたしたち、お取り寄せ仲間だもん」

「遠藤さんはナミちゃんの残業の理由まで教えてくれるし」

「買いたいものがあるから残業してるって言っただけだよ。遠藤さんが何言ってたか知らないけど」

「それにさ、正月のこと」土鍋のなかがぐつぐつと泡立ちはじめて、ぼくはコンロの火を弱める。正月のことはショックだった。

「おたがいの家にきちんと挨拶にいきたいんだったら、そういうことは他人じゃなくてぼくに言ってよ。ぼくらで話し合うことなんじゃないかな」

ナミちゃんは黙る。ぼくも黙る。湯気だけがいきおいよくあがり、部屋の窓はすべて白く染まっている。

ナミちゃんは本当は正月に、両親にぼくを紹介したかったのだと教えてくれたのは、味噌の届いた次の日、二カ月に一度届く有機野菜の宅配をしているおばちゃんだった。去年の正月も、盆も、いっしょに実家にいきたかった、たがいの親にきちんと挨拶したかったのに、ぼくが面倒そうに見えたから言い出せなかったのだと、玄関先で、ぼくを咎《とが》めるような視線で見ておばちゃんは話した。これはそうとうショックだった。そういう種類の話を、ぼくではなく野菜の宅配人に打ち明けて、いったいどんないいことがあるというんだろう。なんとか笑って相づちを打ちながら、宅配人ぼくより詳しい……とか、盆暮れに恋人連れて……とか、有機野菜……だとか、ぼくは必死でその状況を似非短歌調にして茶化そうとしたが、その先が思いつかなかった。どんな言葉もその後の五文字や七文字におさまってくれなかった。

「神田さんのこととかも、そうやって自分を正当化してばっかいないで」

「ヨウちゃん、それさあ、いつの話？　今日？　野菜届いたの今日じゃないよねえ」

眉間にしわを寄せ、今度はナミちゃんがぼくの話を遮る。

「いつって……三日か四日前だけど」

「なんでさあ、そういうのすぐ言わないの？　三日も四日も、ずっとおなかんなかに溜めてるわけ？　あたしそっちのほうが気持ち悪い。すぐ言えばいいじゃん」

「そういう話じゃないだろ」

「っていうか、いっつもそうなんだもん。前から思ってた、前もこうだったたって、いつも昔のこと言うでしょ？　今日こうだった、それで腹がたったたって、その日に言ってくれればあたしだって、あ、そっかってわかるんだよ。いつもさあ、顔そむけて指折ってなんかぶつぶつ言っててさ、納得したようにしてるじゃん。だからそれでいいんだろうって、あたしだって思うんじゃん」

土鍋のあげる湯気の向こうとこちらから、ぼくらは黙って見つめあう。いやなことをいやだとその場ではっきり言えずに五七五七七と指を折っている自分の暗く内向的なところを指摘され、徐々に頭に血がのぼる。耳が赤くなっていくのがわかる。平和に湯気をあげ続ける鍋をひっくりかえしたくなる。自分の座っている椅子を蹴っ飛ばしたくなる。けれど、手にした箸を投げ出すことすらできないことは自分でもよくわかっている。そりゃあいやだろう、こんな男。と、ふいにへんな冷静さで思う。ぼくが彼女を非難する以前に、集団無視までされて、それでも表も裏もつくろおうとしない女が、いつだって背をまるめて自分を茶化している男のことなんか、好きでいられるはずないよ、と、なじみ深いいじましさでぼくは思い、

「もういいよ。別れようよ」と、湯気の向こうにいる女にしずかに告げる。

部屋の窓はみな白く曇っている。なんだか、この空間だけ夜空に浮いているみたいだ。

「なんかさ、違いすぎるんだよ、ぼくたちさ」

ナミちゃんは箸を握ったままじっとこちらを見ていたが、突然右目からぽたりと水滴が落ちてぼくはぎょっとする。

「訊かれると言っちゃうんだよね」ナミちゃんはちいさい声でしゃべり出す。「おたく、宅配便多いねってたとえばゴールドさんに言われたとするじゃん、そうですねって笑うことできなくて、取り寄せに凝ってるんだとか、言っちゃうんだよ、あたし」語尾が震え、左目からも涙が落ちる。

「言い訳みたいだけど、っていうか言い訳だけど、野菜のおばさんもさあ、お正月はどうすんのかって去年訊くからさあ。ヨウちゃんちにいかないの？　って訊くからさあ、だって呼ばれてないもんって答えるとさあ、おばさん言うじゃん、そんなんじゃだめよ、結婚してもらえないわよとか、へんなこと、昔っぽいこと言って、でも、そういうんじゃないんだとか、説明できなくって、そうだよねえなんて、あたし調子合わせてぺらぺらしゃべっちゃって」透明な鼻水が垂れ、ナミちゃんはそれをずずっとすすり、続けようとしてしゃくりあげ、しゃくりあげながら言葉をつなげていく。「カンちゃんのことも、あたしは本当に悪気がなくて、前、前にさ、イリノイと心理ゲームやってたら、イリノイが好きなのはカンちゃんだって解答になって、それで、それで」話はだんだん意味不明になり、それでもナミちゃんはやめない。「そうなのって訊いたらイリノイ赤くなってたから……ちなみにその心理ゲームってさ、前にヨウちゃんとやった腕時計のやつなんだけど、あれすごく当たるじゃん？　だから……」

顔を赤くし、涙と鼻水でぐちゃぐちゃになりながらナミちゃんは一生懸命話す。何をそんなに泣いているのか、実のところぼくにはまったくわからず、泣きじゃくりながら言い訳を続ける彼女をぼくは言葉を失って呆然と眺めていたのだけれど、今自分と向きあっているのは、すごくちいさな子どもであるような気が、ふと、した。嘘をつくのはものすごい大罪だとその子の両親はくりかえし言っているのだろう。本当のことを全部、正直に話しなさいと、その子の厳しい両親は真顔で告げるのだろう。仮病をなんでつかったのか、掃除をさぼってなんで遊びにいったのか、母親の財布からなんで黙って千円持っていったのか、全部悪いことだけれど、そうした理由をもし全部正直に言えばゆるしてあげる。そうしてちいさなその子は一生懸命に言葉をつなぐ。胸のうちを説明し、原因を捜して言葉にする。ゆるされるために。

彼女の子どものころの姿を見てみたいなんて、交際をはじめたばかりのころに思った。ぼくらはたがいの幼少期の写真を見せ合い、面影を捜して笑い転げ、そうしながら、子どもだった自分の恋人が動く姿を、リアルタイムでは決して見られないという当然のことに、軽く絶望してみたりしたのだった。

あのとき会いたいと願った子どもの彼女が、今目の前にいる。泣きじゃくり懺悔《ざんげ》するちいさな子どもは、まだ知らないのだ。何かを正直に言えば言うほど罪深くなっていく世界があることを。ゆるす役目を持った人が存在しない場所があることを。

言っていることはわかったからもういいよ、今回のことはとりあえず水に流すよと、思わず言いそうになり、それじゃなんだか彼女の父親役を演じているようなものだと言葉を飲みこみ、その少しあとで、ゆるす役かわりばんこにやるしかないだって部屋にはぼくらしかいない、字余り、などと、気づけばまたそんなしょうもないことを口のなかでつぶやいている。

雨と爪

あたらしい事業をはじめるつもりだというその話は、今週の月曜、東京事務所にきた社長から直々《じきじき》に聞かされた。帰ってすぐそのことをハルっぴに話そうと思ったのだが、なんだか言えなくて、いつもどおりに飯を食いながらいっしょに歌番組を見て、だらだら酒を飲んで、プレステ2をして、十二時を少し過ぎてから、エッチなしで寝た。

いっしょに暮らしたら当然、毎日毎日、やって、やって、やって、やりまくれるんだろうと思っていた。実際、引っ越した当初はやって、やって、やって、やりまくれたけれど、最近、どうもそんな感じではない。けれどそんなものだろうとも思う。だいたい猿じゃないんだし、十代のままのわけでもないんだし、おたがい仕事も忙しい、考えることもたくさんある、やりっぱなしというわけにもいかないだろう。それで、おれたちは留守番の子どものように横にならんで眠る。

雨の音に目が覚めた。ハルっぴは寝入ったときのまんまの姿勢で熟睡している。再度眠ろうと目を閉じるが、眠気はすっかり消えている。左耳でハルっぴの寝息を聞きながら、おれは天井をぼんやり眺める。雨は遠い拍手のように絶え間なく続いている。闇に浮かぶ白い天井に、黄色い車のヘッドライトがすっと流れ、消える。

半年ぶりだというのに、相変わらず騒々しく東京事務所にあらわれた社長は、おれだけを誘って昼飯を食いにいった。なんだかずいぶんうれしいことを言われたような気がする。センスがいいと言われたんだったか。信頼できる、だったか。筋がいいとも言われたようだ。舞い上がったせいで、ご馳走になった松茸しゃぶしゃぶの味なんかわからなかった。社長の言葉も全部輪郭がぼやけ、うまく思い出せない。

死ぬのよ。

社長の言葉を縫いつなげているおれの頭に、突然数カ月前に聞いたハルっぴの声が響く。雨のせいだ。夜中の雨で思い出したんだ。

親が死ぬのよ、とあの日、ハルっぴは言ったんだった。ここへ引っ越してきたばかりの雨の夜だ。テレビを見ながら足の爪を切ろうとしたおれから爪切りをとりあげて、夜に爪を切ると親が死ぬから爪切りはいけない、と重々しく告げたのだ。

その日はじめじめした雨降りで、おまけに十三日の金曜日だったから、夜中に爪を切ると親が死ぬというそのせりふが、呪いの文句みたいに聞こえてぞっとした。なんだか、爪を切っているんじゃなく、藁《わら》人形に五寸釘を打ちつけているところを人に見られた気分にすらなって、おれは言われるまま爪切りを引き出しに戻した。

夜中に爪を切ると親が死ぬ。その阿呆らしい迷信は、あの雨の日、この世の秘密みたいに響いた。この世のなかの裏側に、現実とまったく違う法則で動いているもうひとつの世界があって、この世の大切なことはすべてそこで決定づけられる。おれたちが何気なく爪を切ったりシャンプーを泡立てたりするそのひとつひとつが、裏側の世界で重大な意味を持つ。そんなふうに思えた。もちろん、それ以来、夜に爪を切っていない。社長の褒《ほ》め言葉を頭のなかで再生しようとしたが、もう何も思い出せず、かわりにあの雨の日、親が死ぬのよと言ったハルっぴの、本気でおびえた顔ばかりがちらついて、おれはため息をつき、かたく目を閉じる。


正月はアパートで迎えた。一日の夜にハルっぴは実家へ帰り、ついでだからおれは兄貴の家にいき、それぞれ二泊して、三日の昼すぎ、神社にいくためにアパートの最寄り駅で待ち合わせをしていた。

改札に続く階段を下りている途中で、混雑した駅の隅にぽつんと立つハルっぴを見つけた。階段を下り、改札を抜け、そうしてハルっぴに近づくあいだ、おれはこんなにかわいい女とつきあってんのかと、馬鹿みたいだけれど思った。考えてみれば、いっしょに暮らすようになってから毎日毎日会っていたわけで、たった二日とはいえ離れていると、ハルっぴの姿はひどく新鮮だった。ハルっぴはおれに気づかず、てんで見当違いの場所をじっと見ている。胸まである黒い髪を今日は結んでいなくて、見たことのないムートンのコートを着ている。

ハルっぴにはじめて会ったときも冬だった。一年とちょっと前か。中目黒にあるクラブで、ハルっぴはひとりで踊っていたんだった。新人DJナイトで、五人くらいまわしたんだけれど、おれと同様、そのなかのだれかの友達だった。話す機会があって、キーパンチャーをしているんだとハルっぴは言い、それが何かおれにはわからなかったんだけれど、とりあえず、へえ、すごいね、などと感心してみせた。そのときは、彼女に恋人がいないっていうことにびっくりしたけれど、キーパンチャーが何か知ったときのほうがもっと驚いた。アンダーワールドについて熱く語っていた彼女はものすごくはなやかな印象だったから、一日じゅうコンピュータに向かって文字を打つ地味な仕事をしているなんて、なんだか奇妙にすら思えた。

あと数メートルというところでようやくハルっぴはおれを見つけ、笑う。まるで花びらがぱあっと開くような笑いだ。このままダッシュで家に持ち帰ってやりまくりたい、と思った。だいたい、おれらは一カ月くらいやってないのだ。

「いったん帰ろっか」ハルっぴにそう提言してみると、

「なんで？　神社にいくんで待ち合わせたんじゃん」ハルっぴはおれを見上げて笑う。

「だよな」おれは小刻みにうなずいて見せ、ハルっぴにぴったり寄り添って歩き出す。

会わなかったあいだのことを話しながら、神社へ向かう。神社は駅から南へ二十分ほど歩いたところにある。足とか、目とか、財布とか、芸事とか、病一般とか、神社によって御利益はいろいろあるらしいけれど、これから向かう神社は何にいいのかわからない。だいたいおれは、あんまり信じていないというか、そういうのはどうでもいい。雰囲気を味わいたいだけなのだ。浅草寺とか川崎大師とか遠くではなく、アパートから一番近い神社にいこうと言ったのは当然ハルっぴで、「近所だと何かのときにたすけてもらえる」と、親戚について話すようなことを言っていた。

「お年玉さー去年もだけどおかんがあたしに用意してくれてて」

「なに、チミ、三十歳になってもまだお年玉もらってる身分？」

「ちがうちがう、あたしのじゃなくて、これを子どもたちに配りなさいってわけよ。でもさー、あたしだってもう立派な職業婦人でしょ？　そんなことしてもらわなくてもいいのにさー。でも、たしかに人数おおいからな。ねえちんとにいちんの子ども、ほかにも、いとことかいれたら八人もいるんだもん。あ、ミキオくん、言っとくけどあたし五月まで二十九だよ」

「げ、八人は多いよなあ。小泉家は子づくりがブームなんじゃねえの。そんで何よ、ハルっぴ結局おかんのお金もらったわけ」

「もらっといた。だってひとり千円としたって八千円だよ、あたし昔のことしみじみ反省しちゃった。昔、あのばばあ、五千円なんてしょぼいなあとか、あたしねえちんと平気で言い合ってたからさ」

切れ目なく話しながら、環状道路沿いを歩く。行き交う車も、歩く人もいつもより少ない。たったそれだけで、なんだか違う町を歩いているみたいだ。おれらの吐く息は白く、隣を歩くハルっぴのてのひらをちょっと握ったら冷凍魚みたいに冷たくなっていた。

神社に近づくに従って、人の姿が増えはじめる。着物を着た子ども、破魔矢を持った家族連れ、綿菓子を食べながら歩くカップルなんかとすれ違う。

「露店が出てるんだね」

「たこ焼き食べたいな」

おれらは言い合い、先を急ぐ。環状道路を渡って、街道沿いに数分歩くとその神社はある。横断歩道の信号が青にかわるのを待っているとき、電信柱の下にへんなものを見つけた。

「ハルっぴ、見てみ、なんだろあれ」

おれは言い、そのへんなものを指さす。串カツの串みたいな細い棒に、短冊に似た、じぐざぐに切った白い紙がついている。それが電信柱の根本の植え込みに、ぽつんと突き刺さっているのだ。

「紙にお願いごとが書いてあんのかな」

よく見るためにしゃがみこむと、

「触っちゃだめだよっ！」

ハルっぴが怒鳴った。驚いてふりむくと、ハルっぴはこわばった顔でおれを見おろしている。

「え、なんなの、これ、なんか意味あるの」

「指さしちゃだめ、見てもだめ、ほら、信号かわったよ、いそごっ」

「え、なに、なに、指さしてもだめなの？　おれ、さしちゃったよ」

「信じらんない！　ミキちん、ほんとそーゆーの信じらんないよ」

ハルっぴは軽蔑をあらわにして言い捨て、おれから逃げるように横断歩道を走っていく。

家庭内に長く病人を抱えた人が、病の元を他人に拾わせるために、ああいう短冊を四つ辻にさしていくのだと、お参りの行列の最後尾に並び、ハルっぴは小声で教えてくれた。人に見られないよう、夜中にいくつも道ばたにさして歩くんだそうだ。それを、何も知らない人がおれのように指さしたり、触れたりする。そうすると、病の元は指さした人、触れた人にのりうつり、病人は奇跡的になおるのだと、ひそひそ声でハルっぴは説明する。なあ、今って元禄時代？　と、茶化そうとして、やめた。ここで前みたいに泣き出されたら困るのはおれだ。最後尾だったおれたちのうしろにも、続々と人が並びはじめている。おれは高く澄んだ冬空を見上げ、

「おれ、指さしちゃったんだけど、どうすればいい？」と訊いてみる。

「しっ」ハルっぴはおれをにらみつける。「あとで、神社のお水で手を浄《きよ》めたらいいよ」ハルっぴは重々しく言う。

針のときもやばかった。ハルっぴが言うには、服に針をとおした直後に出かけると、交通事故にあうらしい。その日は二人でレイブパーティにいくことになっていた。友達のイナがたった二時間だけれどはじめて野外DJをまかされることになっていて、それで、山梨方面まで出かけていくことにしたのだった。

家を出るのが遅れ、ダッシュして駅に向かっても、イナの出番にまにあうか、あわないかというときで、早く出ようぜと言ってふりかえったら、ハルっぴは床に寝そべっていた。台所の、テーブルの下に。何やってんの、時間ないんだぜ、と言うと、「さっきボタンをつけたから、このまま出かけると事故にあう」、ハルっぴはそう答えた。「だから横にならなきゃいけない」と。横になるというのは、疑似的に「一晩寝た」ということを意味するらしい。それで事故は回避できる。それを聞いて、おれはなんだかうんざりしてしまって、「一晩寝てそのままレイブにいくと落雷にあたって死ぬらしいからハルっぴ朝飯食ってから出ろよ、あ、でも、朝飯食った直後電車の座席に腰かけると埋め

こまれた針がケツに刺さるらしいから網棚に寝ていけよ」などと一気にまくしたてたのだった。

ハルっぴ、泣いた泣いた。驚きを通りこしてうっすら恐怖を覚えたほどだ。子どもみたいに鼻水と涙をじゃあじゃあ流し、あたしが事故で死んでもいいのか、ひょっとして死んでほしいんじゃないのかと（寝たまま）わめきたてて、あげく、あんたはただの迷信だって馬鹿にするだろうけれどあたしのおばさんは事実、冷え性で靴下をはいて寝ていたばっかりに親の死に目にあえなかったし、マーおじさんがおじいちゃんのお葬式を友引の日にしたもんだから、続けざまにおばあちゃんとトモコおばちゃんが亡くなったと、（寝たまま）声がかれるまで言いつのり、その日はずっと泣きやまず、結局、イナの野外デビューにいってやることができなかった。

参拝に並ぶ行列の真ん中で、またあんなふうに泣き出されたらたまらない。ここはおとなしく、神社の水できちんと手を洗っておこう。それにしても、病気の元を四つ辻にって……それ、いったいどんな世界観なんだよ？

「じゃあ、お盆に蛾を見たら殺しちゃいけないってのは知ってますか？」

運転席の中林さんに訊く。中林さんは去年の四月、教科書会社からおれらの会社に転職してきた男で、だから一応おれのほうが先輩になるのだが、なんとなくいつも敬語で話してしまう。中林さんは三十代半ばらしいが、かなり老けて見えるのだ。

「何それ、知らないなあ。きっと蛾がご先祖の生まれ変わりとか、そういうわけでしょう？　なんだかずいぶん土俗的な話だなあ」

「土俗っすよマジで、ほんじゃあ、夜に笛を吹いちゃいけないってのは？」

「はあー、笛え？　笛なんて、どこにあるんだよう」

「いやいや、小学生の縦笛とかブルースハープとかも含めて、笛一般」

「ええ？　夜中に小銭数えるなっていうのは知ってるけど。泥棒が入るからって、親父がよく言ってたなあ。ね、次ひぐらし食品でいいんだよね？　それともマルカワスーパーの総務が先だっけ」

「あ、えーと、どっちでもいいんすけど……マルカワさん先にいけば、ひぐらしさんに着くころちょうど昼前で、昇竜のラーメン並ばず食えるかもですよ」

「おっ、じゃあそうしよう。じゃあこれ、環七曲がっちゃっていいね」言いながら中林さんはハンドルをきり、おれらのバンは環七に入る。数メートル走っただけで、渋滞にはまる。中林さんは煙草に火をつけ、運転席側の窓を開ける。ぴりりととがった冷たい風が入りこんでくる。

「でさあ、笛はなんでだめなわけ？　ハーメルンの笛吹きみたいな話？」

「いや、なんか、蛇出るらしいんすよ、夜に笛吹くと」おれは至極まじめに言うが、

「ヘエエビイイイ？」中林さんはすっとんきょうな声で叫ぶように言い、爆笑する。

「きみたち、どこ住んでんのよー、都内のアパートだろう？　蛇なんかいるのかよう、近くにィ」

そう言われてみれば、そうだ。盆の蛾も見たことないし、蛇だってペットショップでしか見たことない。ハルっぴだってそれは同じはずだ。なのに、蛾だの蛇だのにおびえるのはなんでだ？

蛾や蛇というのは、不幸の比喩なんだろうか。事故とか災害とか、のがれようのない不幸の。ハルっぴはアンダーワールドが好きだと言っているが、それも単なるアーティスト名じゃなく何かの暗喩だったりするのだろうか。前のスカイラインが数十メートルのろのろとすすみ、中林さんは几帳面に開いたスペースを詰める。

「あとは？　あとは何がある？」中林さんは煙草の煙を窓の外に向けて吐き出し、どこかはしゃいだ口調で訊く。

「あとは、葬式もないのに喪服を買うと身近な人が死ぬとか……味噌を腐らすと家運が傾くとか……玄関を散らかしておくと幸運が逃げるとか……」

「ああ、最後のそれは迷信じゃなくてコパだよ、風水の、コパが言ってること。うちの奥さんも信じてる、それは」

今日も空は高く澄んでいる。おれらの前のスカイラインに目を向けると、太陽の反射で光る後部座席の窓に、若い男女が座っているのが見える。運転席、助手席にも若い男女。何かを夢中で話して、笑い転げている。学生のダブルデートか。一瞬、自分があっちの車に乗っている気がしてしまう。平日の昼間、車のなかで恋人の手を握り、友達カップルと馬鹿話で笑い転げ、これから温泉だかスノボだかにいくのだ。バンの助手席から恨めしげにこっちを見おろしている、かなしきサラリーマンにかすかな同情と、かすかな優越感を覚え、不安なんかなく、何かをこわいとか思ったこともなく、今しかなくって、ずっとそうなんだと信じ切っている。あっち側にいたのはついこのあいだみたいに思えるけれど、もう七、八年も前のことになるんだな、と突然おれは我にかえり、中年男のような気分で思う。

「あとは？　ほかにはないの？」

「あたらしい靴を買ってきたとき、家のなかで試しばきしたら怪我をする、ってのもあるし、蜘蛛を殺すとき『おとといおいで』とかなんとか言わないと泥棒が入る、あ、あとさ、エンペラってあるじゃないすか、イカの、三角の部分」

「おお、エンペラ」

「あそこの先っちょを食べると、まんこの病気になるっていうのもあったな……」

「まんこお？」中林さんはまた叫び、ひととおり爆笑し、「性病のことかな、でもそんなふうに言われると、なんか土俗だよなあ、もっとおどろおどろしい病気みたいだよなあ」ひいひいと苦しげに息を吸いながら言い、「きみの彼女、どこの人？　どっか山奥の生まれ？」幾度もふき出しながら訊く。スカイラインはもうずっと先にすすんでいるのに、中林さんは笑いすぎて開いたスペースを詰めようとしない。

「いや、都内なんすよ、それが。何区っつったか、なんか川崎に近いほうだけど」説明しながら、中林さんはたぶん、ハルっぴと似ても似つかない女を想像してるんだろうな、と思った。古めかしい迷信ばかり口にする、もっさりしたおばさんみたいな女を。

「へえー、両親が年とってからできた子どもなのかなあ。ねえ、ほかにはないの？　へんな迷信」

「えー、まだまだありますよ」おれは言うが、この話をしているのが急にいやになる。愚痴《ぐち》るつもりで話していたが、いつのまにかおれの口にする迷信が、渋滞の暇つぶしにされていることにようやく気づく。急におもしろくなくなる。なんだこの中途採用。長渕聴いて泣くくせに。アンダーワールドはおろかケミカル・ブラザーズだって名前すら知らねえんだろ。新事業部をおれがまかされたら、年上なのにおれの部下になるんじゃんか。そんなことを思っている。「中林さん、前、開いてますよ」

「お、おお」

「それから、着く前に確認ですけど。マルカワさんは総務にドラセナインディア三鉢、これはシュロと交換で。あと、追加で店舗のほうにまわって、明日からのイベント用にザミア、クロトン、フェニックス、あと入り口のキンモクセイ、剪定《せんてい》を頼まれてるんすよ……これは分担でいきましょう、おれ剪定やるんで中林さん運んでくれますか、イベントのレイアウトはいっしょにやります」

おれは仕事口調になって矢継ぎ早に言う。急にまじめな顔になって中林さんは幾度かうなずく。二組の恋人を乗せたスカイラインはもう見えなくなった。なんにも考えず、先の不安もなく恋人といちゃこいていた学生時代のおれもやつらといっしょに遠のき、

「昇竜、今日は並んでないといいっすね」

心のなかで毒づいたことが急に恥ずかしく思え、媚《こ》びるように言っておれは笑う。

民宿ほりうちは、素泊まり三千八百円というだけのことはあって、ひとけのない山奥にぽつんと建つ、かなりやばそうな建物だった。通された部屋は一階の一番奥、べたべたシールの貼られた和箪笥《わだんす》はあるわ、壁には酒屋のカレンダーが貼ってあるわ、ふだんは客室じゃなくておじいちゃんかだれかの部屋なのだろう。ここからレイブ会場までは車で二十分だ。午前一時に目覚ましをセットして、仮眠をとるためおれらは布団にもぐりこむ。けれど眠気はおとずれない。まだ八時にもなっていないからあたりまえだ。レイブ会場に近い民宿だから、もう少し客が泊まっているかと思ったが、おれら以外に泊

まり客がいるようには思えない。ぴったり閉ざした襖《ふすま》の隙間から、廊下をつたって、堀内一家の夕べのものおとが聞こえてくる。おれは布団から顔だけ出して、しずかに灯る豆電球をながめ、あの話、今してしまおうか、と考える。

「山菜蕎麦、おいしかったね」

橙色がぼんやり広がる和室に、ハルっぴのちいさな声が響く。話すなら今しかないんじゃないか。

「うん、うまかった。さすが蕎麦どころ」

「なんかへんな音するけど、なんだろうね、虫かな、虫の鳴き声かな」

耳を澄ませるとたしかに、堀内一家の食堂から漏《も》れ聞こえるテレビや話し声の合間に、ぎり、ぎり、ぎり、と何かを締め上げるような音が聞こえる。

「今日さ、るなちゃんたちもくるんだって。あ、あとね、なんか隅でお店出るって。だからお腹空いてもなんか食べられるよ。でもなんか、ここくるまで全然それっぽい人に会わなかったけど、平気かな。ひょっとして中止になってたりしてないよね。携帯ずっと圏外だしさ」

「ハルっぴ」思いきって暗闇に声を放つ。うん？　とハルっぴの声が聞こえ、布地のこすれ合う音が聞こえる。「ハルっぴは東京生まれだしおれは千葉だろ？　都会っていうほどじゃないけどまあにぎやかなところで生まれ育ってるじゃん」

「うん」

「いきなしこういうとこで生活することになったら、どうかな。頭へんになっちゃうかな」

レンタカーで走ってきた道を思い浮かべる。最後に抜けた町にはJRのおおきな駅があったが、その町には三階建て以上の建物は見あたらず、映画館もファッションビルもおおきなCD屋もファミリーレストランもなかった。町を抜けると五分も走らないうちに、周囲は畑と田んぼと木々ばかりになって、六時過ぎに日が落ちると、車のヘッドライトだけがたよりの真っ暗闇だった。

「でも、レイブとかしょっちゅういけるよ」ハルっぴは言う。

「そんなしょっちゅうないじゃん。それに、こういうのってきっとあと少ししたら廃《すた》れちゃうよ」

「こういうのって？」

「だから、どっか山んなかで店出したり音出したりとかさ」

「そうかなあ。でも、あたしは逆に、死ぬまでに一回でいいからこういうとこに住んでみたいな。車安く買ってさ、週末ごとにおっきいスーパーいって買いだめしてさ。犬とかでっかいの飼ってさ」

「え、そう？　まじでそう思う？」ハルっぴの答えが意外で、おれは暗闇のなか上半身を起こす。

「なんで？」橙色のひかりのなか、布団から首を出したハルっぴがこちらを見ている。

「いやじつは」少し迷い、もう一度布団に横たわり、古びた電気の笠の下、ぽつりと明るい豆電球を見つめて言葉を押し出す。「おれんとこの会社、本部って長野にあんの、知ってた？　おれもじつは一回しかいったことないんだけど。たぶん、こっからものすごい近く。それで今度さ、観葉植物のレンタルばっかじゃなくて、イベント業務をはじめるんだって。でっかいのはホテルの結婚式とか、ちっちゃいのはそれこそホームパーティまで含めて、植物関係のディスプレイをね、デザインから買い付けからレンタルから全部やりますっていうようなことをはじめるつもりなんだってさ。それで」

「わかった、ミキちん、そこ専属になるんだ」

「二年とか、三年とか、資格とか必要なのはとってさ、こっちで勉強しながらやってけば、将来的にその分野をまかせてくれるって、こないだ社長から直接話もらって。社長はなんかおれを買っててくれてさ」

おれは話しながら、なんだか違和感を覚えている。もしハルっぴをここまで連れてくるのだったら、ちゃんとすべきことはちゃんとしなくてはならないだろう。親に挨拶にいって、娘さんをなんとかかんとかだの。うちの場合はだれに会わせればいいんだ？　兄貴か？　そんなこともひとつずつやっていかなければならない。

「えーすごい、ミキちん、社長に言われるなんてすごいじゃーん。資格とかってよくわかんないけど、それって昇進ってことだよね？　すごーい、まだ二十代なのにー。その話、まじでのったほうがいいよ」

それに、短期間にせよ、やっぱりCD屋もない、姿のわからない虫の鳴き声が響くようなところに住むという実感が、やっぱり持てない。休日に友達を呼んで川釣りでもやろう、バーベキューでもやろう、ハルっぴの言うとおり中古車を買い犬を飼おうと、頭では想像できてもぴんとこない。それに、それに。

「ねえ、卑下するわけじゃないけど、あたしの仕事って、慣れさえすればだれでもできるようなものなのね。だから、あたしそういうの、本当にうらやましい。社長はミキちんの才能を評価してるんだよ。だったらちゃんと応えたほうがいいよ。あたしミキちんとだったらどこでも暮らせるよ。ほんとだよ」

それに、褒められるのはたしかにうれしいし、信用していると言われたら応えたくはなる、けれど、いったい自分の何が褒められているのか、おれにはわからない。グリーンコーディネーターとか園芸装飾技能士とかグリーンアドバイザーとか、そんなものになりたいのかどうか、本当のところそれすらわからない。まったく、かなしくなるくらいわからないのだ。

「レイブだってそりゃいつかは廃れるだろうけど、でも当分はあるんじゃない？　今が今やらなくなるはずもないしさ。そしたら、いちいち車借りてこんなとこ泊まらなくてもぴゅっといけちゃうんだよ。るなたちも泊めてあげられるし。そしたらあたしもお店とか出したいな」

「はは、店ってなんのー？」

「えー、なんか合法オムレッツ屋とか。ビーズアクセでもいいし。河口湖のほうで見たじゃん、そういうの。家近くなら機材積んで、かんたんだよ」

大学は一浪して私立大の法学部に進んだ。二十歳のとき突然両親が熟年離婚しやがって、学費と仕送りを含む諸経費の支払いをどちらもが放棄した。二人とも再婚したい相手がいて、成人した男の面倒はもうみないってわけだ。それでも一年はアルバイトを掛け持ちして大学に籍は置いた。兄貴もあれこれと気づかってくれた。けれど、籍を置くためにいくつもアルバイトしていると当然授業には出られなくなる。そんなのなんだか馬鹿らしくなって、三年時で大学は辞めた。今勤めているピースグリーン㈱は、掛け持ちしていたアルバイト先のひとつで、社長がおれを気に入って社員にしてくれた上、基礎知識も勉強できるように便宜をはかってくれたのだった。

「なんかわくわくしてきた。ミキちん、そっちいってもいい」

ハルっぴは言い、もぞもぞと動いておれの布団に入ってくる。おれの左腕にハルっぴのやわらかい乳房があたり、なまあたたかい息が首筋にかかる。

「あたし、ずっとコンピュータのキーボード打つ仕事してるでしょ。あたしはあの仕事は全然きらいじゃないけど、ときどき、このままずうーっと、一生ここにいるのかなって思うことあるの。この狭い窓のない部屋で、あたし、四十歳になっても五十歳になっても、ずうーっと文字打ちこんでんのかなって。そう思うとね、なんかお尻のあたりがもぞーっとすんの。座ったまま一瞬にして年とってくような。だからかな、なんか、今ミキちんの話聞いて、他力本願みたいで嫌だけど、すごいわくわくしちゃって。自分でもびっくりしちゃうくらいのわくわくだよ」

「そうかな。そんな、いいもんかな。案外暮らしてみたら、三日で飽きるかもよ」

「そんなこと、ないない。ぜえーったい、ないって。それに二人なら、どこだってたのしいよ」

それからずっと、ピースグリーン㈱で働いてきた。でも、そもそもおれは何がしたかったんだっけ。法学部にいったのは、たまたま受かったからだけど、あのとき希望に燃えていたのは、未来に何を見ていたからだっけ。何が欲しかったからだったっけ。

「あっ、ミキちん、また靴下はいてる！」

おれの足に足を絡ませてきたハルっぴは突然耳元で大声を出し、起きあがっておれの靴下を脱がしにかかる。

「もう、あれほど言ったじゃん、寝るとき靴下はいたままだったら駄目だって。親の死に目にあえないんだよ」

靴下を脱がされたおれの足はぬるい温度にあたたまった布団に触れる。靴下を脱がしたハルっぴは布団ごとおれに覆いかぶさってくる。おれの唇をゆっくりとなめ、舌を差し入れ、なまあたたかい舌でおれの舌をさぐりあて、からませる。ぎり、ぎり、ぎり、とすぐ耳元で得体の知れない虫が鳴いている。あ、おばあちゃん、りんご冷蔵庫に入ってますよー、廊下の向こうから堀内家の声が聞こえてくる。

親が離婚したのはおれがよくTシャツをおもてうらに着ていたからか。子どものころから注意されていたのにその癖がついぞなおらなかったからか。大学を辞めてしまったのは罰当たりにも白米を捨ててきたからか。白米を捨てるときはあやまらなきゃいけないと祖母に言われていたのをずっと無視してたからか。自分の意志とどこかずれたまんまあらゆるものごとが進んでいくように思えるのは、中学時代ペットボトルに小便をしたからか。一階のトイレにおりていくのが面倒で、ペットボトルに小便をしちゃそのまま捨てていたからか。かわいくてやわらかい女の子に上に乗られ、冷たい指で体じゅうをまさぐられてもチンコがたたないのは、燃えるゴミにプラスチックを混ぜて捨てたからか。おれたちは自分の意志で何かを決めて、少なくとも決めようとはして、そのとおりに日々過ごしているのか。それとも、もうひとつの世界で決定される何ごとかに従って、自分自身に決定権すら持たぬまま翻弄《ほんろう》されるように生きているのか。

橙色の明かりのなか、見知らぬ部屋が浮かび上がる。擦《す》り切れた畳、壁に掛かった狂った時計。アニメシールつき和箪笥、和箪笥の上の色あせた日本人形。おれの上にまたがったハルっぴは、パジャマがわりに着ていたトレーナーをみずから脱ぎ捨てて、乳を押しあてるようにして再度覆いかぶさってくる。両手でおれの頭をおさえ、口のなかを舌でかきまわし、首筋に舌先を這わせ、右手をトランクスにそっと差し入れる。何かが黴《か》びていくようなにおい、天井の、人の顔に似た木目。するすると何かがすべるような音が耳元でしたのは、布団のこすれる音ではなくて蛇じゃないのか。頬を今なでたものは女の子の髪ではなくて巨大な蛾の羽ではないのか。ハルっぴが窓のない個室で打ち続けているものは、意味のない文書ではなく、もうひとつの世界の筋書きなんじゃないか。

ハルっぴはずるずると動き、トランクスからチンコを引っぱり出し、ぱくりとくわえる。橙の薄闇のなか、黒い髪の女が股間で揺れる。色の薄い巨大な影が砂壁に映し出されている。おれのチンコを含んでいるのは、もうひとつの世界へと続くちいさな入り口なんじゃないかと、子どもじみたことをちらりとおれは思いながら、薄い女の肩をつかもうと両手を下にのばしていく。

100%

野球っていう競技があるってことをあたしは知らなかった。知らなかったっていうとかなり語弊があるけれど、でも、世のなかってたいていそういうもんだ。たとえばあたしの母親はパンクってジャンルがこの世にあるなんて知らない。商店街のスピーカから大音量でピストルズが流れていたって新種の商店街音頭みたいに聞こえるだろう。だれにとっても、世界は興味があるものだけで成り立っている。

木幡敦士《こはたあつし》といっしょに暮らしてはじめて、野球っていう糞おもしろくないスポーツがこの世に存在するんだって知った。知らないですむなら知らないままがよかったけれど。

木幡敦士は七時から和室にこもって、出てこない。ドアをノックしても返答なし、「ごはんどうすんのよう一っ」と訊いても無視。どうやら巨人は敗《ま》けたらしい。

しかたなく、あたしはひとり冷蔵庫を開け、残りもので食べられそうなものをかき集める。納豆一パック。キムチ。卵。葱《ねぎ》。椎茸。チョコレート。ウィンナ。キムチ納豆炒飯ウィンナ添えしかないじゃないか。あたしはため息をつき、葱を刻みはじめる。ああ。繁之屋で焼き肉の予定だったのにな。口のなかばかりか脳味噌のヒダヒダまで全部、繁之屋の塩カルビ・塩レバー・塩ハラミ及び石焼きビビンバの味が広がってしまっているっていうのにキムチ納豆炒飯だなんて。

葱を刻んでいたら徐々にむかっ腹がたってきて、それは木幡敦士に向かわず巨人軍に向かい、今から巨人の本拠地に火つけにいったろか、と思いかけたのだが、しかし巨人の本拠地ってどこだろう、ドームにもはや選手はいないだろうし、合宿所みたいなところがあるのか、それともみんなふつうの会社員みたいに自宅から通勤しているのか、だとしたら個人攻撃を考えねばならず、この場合、だれを攻撃すべきか、やっぱり監督なのか、などと考えていたらなんでもどうでもよくなっていた。それで、どこにも向けようのない怒りをフライパンにぶつけ、遮二無二《しゃにむに》フライパンを揺すって米粒を宙高く放り投げ、それを皿に移すころにはじいんと腕がしびれていた。

怒りのキムチ納豆炒飯を桜の絵皿に移し、しずまりかえった台所でひとり食べる。ひどく不公平だと思うのはこういうときだ。

たとえばあたしが野球の存在を知らなかったように、木幡敦士はスージー・クーパーの食器というものがこの世にあるなんて知らなかった。アラビアのパラティッシシリーズもジョージアンのティーボウルも知らなかった。そんなものに興味なんかないのだ。

それはそれでかまわない。問題は、あたしが野球と関わることを余儀なくさせられているのに、木幡敦士は依然としてスージーの皿と百円ショップの皿の区別もつけずのうのうとしていられることだ。

いっしょに暮らしてから三カ月目、あたしが全財産より大切に思っているスージーのエッグスタンドを木幡敦士は割った。誇張じゃなく涙がとまらなかった。木幡敦士はたじろいで、どこかそのへんの雑貨屋で、へんな星模様のエッグスタンドを買ってきた。この退屈な星模様が、木幡敦士にはスージーのスター柄と同じに見えるんだな、と至極冷静に思った。その人の世界のなかで何かが存在しないってそういうことだ。そのとき以来、あたしは木幡敦士の世界にスージー・クーパーを存在させようなんて思わなくなった。アラビアもロールストランドもシェリーも木幡敦士の世界には存在しない。それでいいじゃないか。以来、大切な食器は店に持っていくことにしている。

炒飯を三分の二ほど食べ終えると、白い磁肌に藍一色で描かれた桜の絵が見えてくる。試合終了まで待たされて、腹と背がくっつきそうなほど腹ぺこだったから、充分おいしい。まあいいじゃないの、と桜の可憐さはあたしの怒りをなだめ、実際なだめられ、あたしはなんとなくおだやかな心持ちで皿を洗う。開幕戦で巨人が勝ったら繁之屋でぱあっと祝う（おれのおごり）、と木幡敦士は言ったけれど、それはひっくりかえせば負けたら残飯ってことと同義なのだから、脳味噌の襞まで繁之屋に染めて待っていたあたしも悪いといえば悪い。

暗い台所でひとり洗いものをする。そして、繁之屋だの放火だの言っている場合ではないことにあたしはあらためて気づく。ついにはじまってしまったのだ、悪夢の季節が。これから十月まで、あたしはまた意に反して、野球と深く関わって日々を過ごさなくてはならない。

風呂の湯沸かしスイッチを押し、もう一度和室の前に立って襖《ふすま》に声をかけてみる。

「あつブー、お風呂沸かしてるけど先入る？」

和室の襖は死後百日経過したかのように呪わしく押し黙っている。

このアパートは２ＤＫで、リビングダイニングをはさんで和室と洋室がある。洋室は寝室にし、和室は娯楽室にした。29インチのテレビと各種ゲーム、ステレオセットとＤＶＤがある。友達が遊びにきたときはこの和室でごはんを食べたり酒を飲んだりする。そういう用途の部屋が欲しいから、２ＤＫ物件を捜したのだ。今は立派に（巨人敗戦の際の）木幡敦士専用落ち込み部屋として機能しているけれど、そんなものが必要でここに決めたわけではない。木幡敦士と巨人軍をめぐるにくまれ口を長々とメールに書きこんで友人に送りたいが、共用のコンピュータも和室にあるのでそれも叶わない。ため息をつき、あたしは風呂場へ向かう。

開店は十時だが、たいていお客さんは十一時過ぎまでこない。それで、あたしとなっちゃんは掃除をしながら無駄口をたたく。おもては晴れていて、空気が少し霞んでいる。向かいの家具屋でも、奥さんが軒先に出て掃除をしている。

「野球なんかいいほうじゃん。イチローとかかっこいいよ。だいたい七時からテレビ占領されるっていったって、今おもしろいのなあーんにもやってないよ」

「でも日曜日のサザエ見れないんだよ、ちなみにイチローは巨人にはいないし」

「ナオちゃんサザエなんか見てんの？　ビデオにため撮りして九時過ぎに見れば？」

「ばっかだなー、サザエは録画して見たらつまんないんだよ。あれはリアルタイムで見るからおもしろいんだって。ねえ、おもても掃いておこうか？」

「うん、今日の午後林さんくるって言ってたから、掃いたほうがいいかも」

「ラジャー」

五日市《いつかいち》街道に面している、五坪ほどのちいさなこのお茶屋兼雑貨屋〈Ｐ.ｊ〉は、三年前、大学時代の知人数人で出資してはじめた。一応、一番多く出資した林さんがオーナー権を持っているけれど、出資金は年の離れた夫のお金らしいから、林さんは人ごとみたいにのんびりしていて、オーナーというよりクラブの副部長といったほうが似合うくらいだ。だいたい店の経営自体がサークル活動の延長のようではある。開店して一年半はまるっきり儲からなくて、太っ腹な夫持ちの林さんはべつにして、あたしたちは全員、この店を保持するためだけにアルバイトをしていたくらいだった。なっちゃんは二十四時間営業のジーンズ屋で裾《すそ》あげ稼業に精を出していたし、あたしは早番で消費者金融の受付をしていた。交際してまだ半年もたっていない木幡敦士に同棲しようともちかけたのも、二人で暮らして家賃と生活費を浮かせたいからだった。木幡敦士と暮らしてすぐ、カフェブーム到来で店は軌道にのりはじめた。同い年のOLに比べたら、給料なんか全然少ないだろうけれど、それでもアルバイトはしなくてよくなったし、万が一木幡敦士があの家から出ていっても、ひとりで暮らしていけるくらいは稼げるようになった。

そうだった。木幡敦士とつきあいはじめたのが二年前の十一月。木幡敦士は野球のやの字も口にせず、何もかもうまくいっているように思えて、あたしは同棲を急いだのだった。ところがいっしょに暮らしはじめた三月末にシーズンが到来し、あたしは野球というものの存在を知ることになる。

「ね、さほちゃんがくる前にお茶飲もっか。あたし、いれるけど」

店の前を掃除して店内に戻ると、なっちゃんが笑う。

「じゃあさ、白青のティーボウル用意する。なっちゃんなんの絵にする？　お城？　柳？」

「えー、じゃあ今日はエンジェルにしよう」

「エンジェルとは乙女ねえ。あたしは鹿にしよーっと」

カウンターの内側にならび、あたしたちは立ったままアンティークのカップでミルクティを飲む。店のガラス戸の向こうを、車が幾台も通りすぎる。みな陽を反射してぴかぴか光っている。

「あーやっぱ、器きれいだと粗茶もおいしい」なっちゃんが言う。

「しあわせだよねえ」あたしも言う。木幡敦士とは味わえないしあわせ。

「さっきの続きだけど、うちなんかさあ」なっちゃんにはいっしょには暮らしていないが恋人がいて、彼女が「うち」と言うときは彼ら一対を指している。「一日ゲームだもんなあ。もう引きこもりといってなんの差し支えもないよ。野球のほうがいいっすよ。健康的だし」

「のぶひょん、かっこいいのにね」

なっちゃんの恋人ののぶひょんは、ゲームおたくとは思えないほどワイルドでかっこいい。なっちゃんに言わせれば、ゲーム系引きこもりゆえ髪は伸び放題、無精髭もそのまま、服はあまり着替えないから体になじみすぎてものすごく似合っているように見える、のだそうだが、そんなことを聞かなければ、筋金入りのクラバー系もしくは回帰ロック系だろうと思うし、しかも顔立ちが端正だから目が合うとどぎまぎしてしまう。

「たしかにあたしは外見が超いいって思って好きになったけど、でも最近ゲームしてるうしろ姿とか見て思うんだよね。なんかさ、のぶひょんのやってることって、あたしの嫌いな色白デブ男でもべつにいいわけじゃん？　ゲーム中ってていうか、のぶひょんにつきあってゲーム買いにアキバいったりすると、そういう種族が多いわけよ、そんでさ、ゲーのののぶひょんがさ、だんだん色白デブ男に見えてくんだよね。パララーイズとか、ゲームのキャラといっしょに叫んでたりすると、もう遠ーい感じだよね」

「なにパラライズって」あたしは思わず笑ってしまう。ワイルド男がゲームで叫ぶのか。

「えーなんか技。パラライズじゃなかったかも。なんかいろいろあるんだよ。リフレクトとか、フリーズとかさ」

「パラライズもどうかと思うけどさあ、でも巨人の旗とかもやだよー？　はっぴとかさ。なんかジンクスになっちゃってさ。おれがはっぴ着てると勝つとかさ。西の窓に巨人の旗飾ったら勝つとかさ。ばっかじゃないの？　うちにあるはっぴとかで工藤が完封するぞって意気込むわけないじゃんねえ。あたしがせっかくすんごいお洒落にした部屋に巨人カラーはやめてくれーってマジ思う」

「あー、わかるわかる、あたしが言ってんのもそれよ、ゲームでもなんかかわいいのとかあってさ、パラッパとかだったらいいわけよ。それがもろアニメっぽいキャラでパラライズ、だもん。あたしこんなことのためにお洒落とかして生きてきたのかとか思うじゃん」

「そうなんだよねー、自分の趣味にそぐわないものを慎重に排して日々過ごしてきたのにって」

あたしはミルクティを飲み干し、カップをていねいに洗う。そうしながら店内を見まわす。テーブルと椅子、店内の棚はすべて焦げ茶のウォルナットで、長野の工房につくってもらったオーダー家具だ。家具好きの林さんがすべてとりしきった。漆喰《しっくい》の壁にかかっている絵は料理担当のさほちゃんが描いたもの。来月からは出資仲間である村田さんの写真が飾られる。店にディスプレイされているのは、なっちゃん手製の帽子とバッグ、林さんの妹のジュエリー、それから全員で選んで仕入れてきたポストカード等。店で使う食器は全部あたしの趣味だ。

そもそも食器に興味を持ったのは、美大の卒業旅行でいったヨーロッパの蚤《のみ》の市で、スージー・クーパーの皿を見つけたのがはじまりだった。埃《ほこり》まみれだったそれを洗うと、あらわれたのは驚くほどやさしい色彩の絵柄で、あたしは一瞬で夢中になった。残りの日程を全部変更して、蚤の市巡《めぐ》りについやした。アクセサリーや服やバッグに使いまくる予定だったお金は、全部食器に消えた。スージー数点、アラビア社のアンティーク、ジョージア時代のブルー&ホワイト。

外国旅行はそうそうはできないけれど、最近は目黒や西荻窪の骨董品屋で和食器を買うことも増えた。たとえばアラビア社の藍と、伊万里や有田の藍とを並べて使うと、微妙な濃淡が味わえて、ちょっとおもしろい食卓になる。興味深いのは、昔の東洋と西洋にはとてもよく似た皿があること。たとえば日本の豆皿と、イギリスのピクルスディッシュなんか大きさも雰囲気もそっくりだし、十七世紀のティーボウル、とってのないティーカップは日本の茶碗とよく似ている。だから、ピクルスディッシュにお新香をのせても様になるし、ティーボウルに日本茶を注ぎ受け皿に和菓子を添えてもぴったりくる。

こういうことを考えていると、本当に指の先までじんわりと満たされてくる。

一度この店にお茶を飲みにきた木幡敦士に言わせれば、ここは、「女くさく」、「ちぐはぐ」で「ごった煮状」で、「甘ったるい」空間であるらしい。けれどここには、あたしたちの好きなものしかない。「なんかこれ、ちがう」というものは、トイレットペーパーひとつとってもここには存在しないのだ。

十一時と少し前に、食材の詰まった袋を抱えてさほちゃんがあらわれる。今日のランチをあたしたちに説明し、なっちゃんがメニュウを書き、あたしは食器を選び、料理の下拵《したごしら》えを手伝う。なっちゃんはパラライズ・のぶひょんが、実際ぶくぶくと太ってしまったら別れるんだろうか、とちらりと考える。一組目のお客さんが入ってきて、その考えは答を出す前に消えてしまう。

今から帰るんだけどごはんありますか

吉祥寺駅に向かって歩きながら、携帯電話からそうメールを打つが、木幡敦士からはいっこうに返信がない。しかたなく、ロンロンの地下で適当な総菜を買って電車に乗る。

木幡敦士は印刷会社でアルバイトをしている。社員になる話もあるみたいだが、ずうっとアルバイトのままだ。それはひょっとして、三月末から十月までいっさい残業をしたくないからではないか、とあたしは疑っているのだけれど、本人は違うと言う。まだ株式登録されて数年のその会社が、給与や社員待遇の面で安定するのを待っているだけだと言う。しかしとにかく、三月末から十月まで、木幡敦士は仕事を定時に切り上げ、何があっても六時半には我が家の和室にいる。友人と飲みにいくのは野球放送のない月曜日、あたしとの土日のデートも、午後六時半には帰り支度である。

もう四月になるというのに肌寒く、スプリングコートの前をしっかり合わせ足早にアパートを目指す。総菜の入ったビニール袋がかさかさと笑うような音をたてる。

玄関の戸を開けると、

「ナオちゃん！　お帰り！」酔っぱらった中年男みたいな声があたしを迎える。時計を見ると午後八時四十分。「なあなあなあなあ、あと十分待ってて？　そしたらおれっちすぐ出かける支度するからさ、若葉亭いってがつんと飲まねえ？　おれ、おごるし！　あっ、でも十分待ってて？」

木幡敦士は玄関にすっ飛んできて、靴を脱いだあたしを一瞬子どもみたいに抱きしめると、和室へ駆け戻っていく。コマーシャルの音が玄関まで響きわたっている。

総菜を台所のテーブルに置き和室にいく。昨日と様変わりしたその六畳間を見て、あたしは思わずため息をつく。天気のいい日には富士山が見える西の窓は、例によって巨人軍の旗でふさがれていて、壁には長嶋監督時代のポスター(松井、由伸、清原と長嶋茂雄がこちらに笑いかけている)が貼ってあり、いたるところに巨人応援グッズが飾られている。巨人軍マスコットのジャビットくん人形、巨人カラーのタオル、背番号が55のユニフォーム……。去年の十月、シーズンが終わって、あたしが全部段ボールにつっこんで押し入れの奥深くにしまいこんでいたものだ。巨人カラーである橙色で満ちた部屋のなかは、珍妙な新興宗教本部を思わせる。

画面には由伸ではないほうの高橋が映っている。キャッチャーの阿部に何か合図を送り、首をふり、また合図を送り、そうしてボールをふりかぶって投げる。バッターがバットをふり、ボールがかきんと音を立てて高くあがる。「にゃっ」と聞こえる声で木幡敦士がうめく。白いボールが画面に映り、立ち上がりふらふらと動く阿部が映り、そうしてボールは阿部のミットにすとんとおさまる。「ぬひゃーっ」と叫んで木幡敦士は万歳をし、あたしの両手を握る。「ね、ね、ね、ね、若葉亭いこ? フォアグラとまぐろのカマ焼きで祝お? なんだったらタンシチューつけちゃう?」

あたしの両手を持ってその場で小刻みに跳ねる木幡敦士をあたしはまじまじと見る。

「なになに、ひょっとして若葉亭じゃご不満? そんなら魚にする? 魚まさにしよっか。お刺身おまかせコースで祝うことにする? コース松いっちゃう?」

「ってゆーかあたしごはん買ってきちゃった」テーブルにのった紙袋をあたしは指す。

「なんだよそんなのー、明日の朝おれが食うって食うってー。今シーズン初勝利なんだからさあ、そんなしょぼけたごはんだと験《げん》が悪いってー。な、いこいこ？　なあーんだナオちゃんもうコート着ていつでも出られるじゃーん。待ってて、おれスカジャン着てくっからさっ」

　今さっき、スプリングコートの前を合わせ小走りに歩いた道を、木幡敦士と歩く。木幡敦士は握ったあたしの手をぶんぶん大きくふりまわす。まだ九時を過ぎたばかりなのに、駅へと続く道を歩く人はだれもいない。ときおり車があたりを白く浮かび上がらせて通りすぎていく。正面に楕円の月がかかっている。

「ちょっとさー、和室、なんとかしてよ、あれはやりすぎだって。これから十月までずっと和室があんなんなの、絶対やだよ。友達も呼べないよ」手をふりまわされながらあたしは言う。

「あんなの今日だけだよ。昨日まで負けてばっかしだったからさー、全身全霊で応援しただけ。今後勝ってけば勝ってくだけひとつずつしまってくからさ、だから、ナオっちもちゃんと応援してな？」

　明かりを落とした小児科医院の角を曲がる。住宅街はしずまりかえっている。少し先に、月によく似た明かりが灯っている。若葉亭という飲み屋で、去年のあたしの誕生日、お祝いをここでやりたいと言ったのに、マウンテンバイクを買ったばかりでお金がなかった木幡敦士は無理無理無理、と連発し、結局駅前の白木屋で誕生日祝いをした。もっと言えば割り勘だった。あくまでも経済的数値だが、しかし、巨人のたった一回の勝利があたしの生誕よりも数倍めでたいのか。

「あたしが応援してさあ、それでどうなんの」あたしはつぶやく。

「応援すれば勝つじゃん。それに応援するチームがあるっていいことよー？　人生の意味がまるで違うよ？」木幡敦士は言ってスキップしはじめるが、あたしがそれにつきあわないので、やめる。

「あたしが応援したってべつに巨人は勝たないよ。言っとくけど、あつブーが応援したって勝たないよ。巨人の人たちなんか宇宙人みたいなもんだよ。あつブーが生きてる世界と一生リンクしないんだよ。あつブーはUFO教の親父みたいに、きたとかこないとか呼ぶとか呼ばないとか言ってるだけ。どんなに夢中になってもどんなにお金落としても、それだけだよ」

「勝ったじゃん、今日おれが全身全霊で応援したら勝ったじゃん、伝わるんだって、そーゆーもんなんだって」唇をとがらせて木幡敦士は言い、「オラ走れっ、待っててフォアグラーっ」あたしの手を握ったまま、暗闇に浮かぶ明かりに向かって走り出す。転びそうになり、体勢をたてなおしてあたしはそれについていくが、なんだかおもしろくない気分はぬぐえない。

カウンターに座り、手渡されたメニュウを開く。生ビールをたのんでから、木幡敦士はあたしに笑いかける。

「もう、なんでもおごるからじゃんじゃんたのんで」

「じゃあね」メニュウに顔を落としたままあたしは言う。「あたしの誕生日には食べられなかったフォアグラの赤ワインソース。あたしの誕生日には食べられなかった地鶏のモモ焼き。あたしの誕生日には食べられなかったトマトとモッツァレラのサラダ」

「何それ」木幡敦士は笑いながら、ウエイターに注文を伝える。木幡敦士の気の抜けた笑いはあたしをさらに苛立たせる。

「あたしの誕生日には食べられなかったけど糞巨人のおかげで食べさせていただける鮑《あわび》のステーキ、あたしの誕生日には食べられなかったけど清原さまのおかげで食べさせていただける生湯葉の――」

「ナオちゃん、ちっとそれ、しつこくねえ？」木幡敦士はそう言ってあたしの発言を遮《さえぎ》り、鮑ステーキと、あと数点勝手にたのんでいる。目の前に置かれたビールをあたしは先にごくごく飲む。

しょせん他人なんだもの、１００パーセントぴったりの人なんているはずがないのよ。と、かつてあたしの母親は言っていた。父と離婚話が持ち上がったときだ。

おとうさんと暮らすのが嫌になった、離婚したいと母は突然言い出した。当時あたしは二十四歳、三つ上の姉はもう嫁にいっていたから、あたしも姉も反対はしなかった。何より父の横暴さも横柄さも知っていたし、母がそれから解放されたいという気持ちもよくわかった。好きなようにしたらいい、いや、するべきだとあたしたちは口をそろえて言った。けれど結局、母は離婚しなかった。離婚離婚と数カ月騒いだだけで、まったく何もなかったように主婦業に戻った。あたしと姉は訊いた。どうしちゃったの？　離婚はもういいの？　すると母は言った。１００パーセント合う人なんていないんだと。だから我慢しあっていくしかないんだと。彼女はそう言って、離婚する勇気のない、そこにいるしかない自分を正当化しているだけなのだった。あたしはそれを聞いて母を嫌悪するようになった。家にも帰省しなくなり、こちらから電話もしなくなった。けれどあたしの腹立ちを知らない母は電話をかけてきて、よりによってそのとき確立した持論をふりかざす。どうしてきちんと就職をしないの、１００パーセント自分に合うところなんてないんだから、妥協ということを知りなさい。どうしていつまでも結婚しないの、白馬の王子さまじゃあるまいし、１００パーセント合う人を待ってたって年をくうだけよ。

サラダと、木幡敦士のたのんだまぐろ料理が運ばれてきて、あたしたちはどことなく険悪なムードをぬぐい去れないまま、無言で食べはじめる。今の様子をもしあたしの母が垣間見ていたら、得意満面で言うだろう、１００パーセントなんてあり得ないと、例のせりふを。巨人ファンなんてかわいいもんじゃないの、ジャビットくん、かわいいじゃないの、そんなつまんないことでうじうじ言うのはやめなさい。

１００パーセントの満足なんかあたしは期待していない。だけどせめて、あたしがこの世に生まれてきたことは、巨人の一勝利より断然価値のあることだと言ってくれる男といっしょにいたい。

「じゃあこうしようよ、今日は半年前のナオちゃんの誕生祝いプラス巨人の勝利を祝う会。ナオちゃん、半年遅れだけど誕生日おめでとう。せっかく勝利の夜なんだからさ、辛気くさく飲むのいやじゃん、な？」

木幡敦士は言い、あたしの皿にサラダとまぐろをとりわけて笑う。あたしはため息をつき、ビールのおかわりをたのむ。

「あたしねえ、夫と別れようと思うのよ」

林さんがおっとりとそう言ったのは、西荻窪の骨董品屋で、あたしが赤絵の角鉢を見ているときだった。今日は数カ月に一度の食器の買い付けで、いつもひとりなのだが、今日にかぎって林さんが同行した。予算のことで何か言われるのかとびくびくしていたのだが、そうではなかったらしい。

「なんかさあ、あたし、我慢するのに疲れちゃった」狭い店内の隅、しゃがみこんで皿を検分するあたしの横で、女子高生みたいに林さんは言う。「なんか合わないのよ、価値観っていうか、そういうの。いつまでたってもあの人貧乏くさいしさあ」

「え、林さんの旦那さん、金持ちじゃないですか」思わず言った。だって、林さんの夫のおかげであたしたちの店はいついかなるときも平穏無事なのだ。

「それがさ、ナオちゃん、あなたも三十歳過ぎたらわかると思うけど、貧乏ってことと貧乏くさいって、違うのよ。言ってみればあの人は貧乏くさい金持ちよ」

「はあー」あたしは言い、黒光りする木製ベンチに並べられた粉引《こひき》の片口を手にとる。ソースが主役になるような料理をさほちゃんに考えてもらって、この片口をテーブルの真ん中にどんと置いたらちょっと風変わりでおもしろいかも、などと、つい林さんの話から離れたことを考えている。

「あたしこないだ妹と旅行いって留守にしてたじゃない？　帰ってきたら、シンクにコンビニ弁当の空箱がかさなってるのよう、げんなりしちゃう、そういうの」

林さんは言いながら、どうでもよさそうに蕎麦猪口を手にとっては戻し、別のを手にしては戻す。

「お店は好きにやらせてくれるけど、こないだサイドテーブルをいつものね、長野のあそこにオーダーしようとしたら、高すぎるって言うのよ、量販店のと変わらないのにどうして何十万もするのかって。それにさあ、ワイン、インターネットでワインをね」

「でも林さん、もし離婚とかそういうことになっちゃったらP・jはどうするんですか」

林さんの話が果てしなく続きそうだったので、遮って訊く。ついでに立ち上がり、狭い店内をそろりそろりと移動しておもてに出る。もう夕暮れだった。腕時計は四時五十分を指している。今日は何も収穫がないが、そろそろ帰らなくてはならない。林さんは意志のない子どものようにあたしのあとについてくる。

「あたし思うの、あそこがあるからもういいやって。お店がなかったら離婚とか思いつかなかったと思う。でも、ああいう自分を表現できる場所があって、心から好きだというものに囲まれて、なんか、コンビニ弁当の空箱に囲まれて我慢してる今の暮らしって、まちがっているって気づいたの」

住宅街を駅へと向かって歩きながら、林さんは前を見据えてせりふを読むように力んで言う。あたしは横目で林さんを見る。長い髪はきれいにまとめて銀のバレッタでとめてあり、全身ギャルソン、アクセサリーはシルバーのピアスしかつけていない。小柄な林さんにはすべて見事に似合っている。

「いやー、でも、経営とかかたいへんになっちゃうんじゃないですか」

あたしは嫌味や皮肉に聞こえないよう、慎重に言う。

「あら、平気よう。あたしたちだけで、きっとなんとかなるわよ。ねえ、ナオちゃん、そうよねえ？」

林さんはあたしをのぞきこむ。あたしでなく、それは林さんの夫の知り合いである税理士の松原さんか、もしくは松原さんとの窓口になっている村田さんに訊いたほうがいいのではないか、と思うが、口には出せず、「はあ」と曖昧に笑う。林さんは鼻歌をうたう。

これからお酒を飲みにいかないか、と誘う林さんをふりきり、あたしは総武線に飛び乗った。水道橋で降り、小走りで歩道橋を渡り後楽園ホールを横切る。試合開始まで時間的に全然余裕があり、自分がどうして急いでいるのかよくわからない。それでもあたしは走り続け、ドームに飛びこみビールをふたつ買い求め、座席へと急ぐ。まばらに埋まっている客席に目を這わせ木幡敦士を捜す。

「ナオっちー！　こっち、こっち！」

大声で呼ばれ、見まわすと、座席で木幡敦士が立ち上がり、こちらに大きく手をふっている。

「おー、ビールサンキュ。弁当買っといた、奮発してなだ万にしたぜ」

あたしではなく巨人のために奮発したんだね、と喉まで出かかった嫌味を飲みこむ。

「じゃあ、食べよう、食べよう」

あたしははしゃいだふりをして言い、手渡された四角い箱を膝の上に広げる。グラウンドでは選手たちが練習をしている。球の飛ぶ、かきんかきんという冴えた音が響いている。巨大スクリーンには、応援ダンスの手ほどきをする若い女が映っている。弁当を食べるあたしたちの前には、二人の子どもが座っていた。男の子は55の背番号がついた子ども用ユニフォームを着ている。彼よりちいさな女の子は橙色のメガフォンを所在なさげにたたいている。弁当のにおいが流れ出たのか、二人は同時にあたしたちをふりかえり、負けまいとするかのようにポップコーンを取り出した。紙製のメガフォンに入ったポップコーンを男の子が開け、二人はこちらをちらちら窺いながら競うように食べている。しかし突然、男の子はがばりと立ち上がり、ポップコーンを妹に押しつけ、客席の階段を走り降りネットへと近づく。キイイイイヨオオオオ、と男の子の高い声がちいさくこだまする。キイイイヨオオオ、キイイイイヨオオオ、男の子は叫び続け、手をふり続けている。

「おお、キヨファンか、ちっこいのにえらいのお」

弁当を食べながら木幡敦士が言うと、前の座席の女の子がふりかえって彼をにらんだ。座席とグラウンドを仕切る緑色のネットに、他の子どもや大人にまじってはりついている55番の背番号を見ていたら、なんだか、おさない木幡敦士を目で追っているような気分になった。そうして突然、本当に脈絡なく突然、隣で弁当を食らうこの男をあたしの100パーセントから押し出しちゃいけないと、そんなことを強く思った。99がＰｊという店や食器や散歩や昼寝や女友達で占領されていたとしても、あたしの誕生日がいかように軽んじられたとしても、このくそったれ巨人狂の男がいないとあたしの100パーセントは欠けるのだと。あんまり唐突にそう思ったものだから、なんだか自分自身をごまかしているような気もしたけれど、あたし自身ごまかされたいのかもしれなかった。あの浮ついた、非現実的な恋愛初期のように。

キイイイヨオオオ、と、木幡敦士は弁当から顔をあげ、男の子をまねて野太い声で叫び、そうしてまた前列の女の子から軽蔑のまなざしでにらまれていた。

共有過去

マルホシスーパーという聞き慣れない店から携帯に電話がかかってきたとき、ぼくは古本屋にいて売った本の計算待ちをしていた。マルホシスーパーがどこにあるのかまったく知らないが、どんな用件なのかおよそ見当はつく。携帯電話をその場に投げ捨てたいのをぐっとこらえ、いったん店の外に出て、喧噪のなかから相手方の声を抜きとる。

やっぱり予想したとおりの用件だった。すみませんとぼくは阿呆みたいにくりかえし、すぐいきますと誠意のこもった声を出し、店の場所を訊いた。井の頭線の駅名を、電話の相手は口にした。ぼくは男の淡々と話す道順を復唱し、もう一度すみませんと悲痛な声を出してから、ため息をつき古本屋に戻る。

勘定は終わっていた。二千七百円が手渡される。がっくりくる。四千円はいくと踏んでいたのだ。やっぱり今朝のカウントダウンハイパーはあたっていた。魚座の今日の運勢は最下位だったのだ。

受け取った金を財布にしまい、そのまま家には帰らずに駅へと向かう。井の頭線なら吉祥寺から乗り換えだ。しかしカナエのやろうはなんだって井の頭線くんだりまで遠征していったんだ？

指定された駅で下り、駅前から続く大通りを数分歩くと、やがて右手にマルホシスーパーが見えてきた。想像していたよりでかい建物だった。入り口を通らず、リサイクル用のゴミ箱のわきから続く細い路地にぼくはこそこそと足を踏み入れる。

どこのスーパーも裏口は似ている。揚げものと生ゴミの混ざり合ったようなにおいがして、段ボールが重ねられていて、核戦争後みたいに殺伐《さつばつ》としている。あるいは最後の感想は、裏口を訪れるぼくの主観的感想かもしれない。

奥の事務室にカナエはいた。ぼくが入っていくと、うつむいた顔を動かさず、上目でちらりとこちらを確認した。安堵の表情が口元に広がる。灰色の事務机に、数点品物がのっている。台所用のはさみ、蜂蜜、ロールパン五個入りの徳用袋、冷凍たこ焼き、蟹缶。事務机のわきで、見知らぬ男からぼくも説教を受ける。事務室にはせわしなく数人が出入りし、そのたび彼らはぼくらに興味深げな視線を向ける。

「で、どうします、これ」男が机の上の品物を指し、ぼくは財布からさっき受け取ったばかりの紙幣を出して男に渡す。投げるように釣りが返ってくる。カナエがなんにもしようとしないので、しかたなくぼくは商品をビニール袋に詰める。

「本当にすみませんでした」深々と頭を下げ、カナエを待たずぼくはさっさと事務室を出た。

無言のままうなだれてあとを歩いてきたカナエは、スーパーの敷地内を出るといきなりぼくの腕に腕を絡ませる。

「ショウちゃん、ごめんね」甘い声を出す。

「っていうかさあ」ぼくのうんざりした声を遮り、

「わかってるわかってる。本当に悪かったよ。きてくれてすごく助かった。でもショウちゃん暇だったでしょ？　あたしね、これからまた会社もどんなきゃなんないの。十時前には帰れると思うけど。それ、晩ごはんに食べて」

ぼくをのぞきこみ、カナエはビニール袋を指して言う。

「食べてっていうかさあ」心底呆れながらぼくは言うが、それもカナエは遮る。

「蟹缶丼知ってる？　炊きたてのごはんの上に、蟹缶開けてさ、マヨネーズかけて、お醤油ちょびっとおとして食べるとすごーくおいしいんだよ。あと蜂蜜とチーズのロールパンサンドもいけると思う」

ぼくはもう何も言わない。右手にはカナエが盗もうとした商品を持ち、左手には万引き癖のある恋人を引き連れて、日の暮れはじめた街道沿いをぼくはひたすら歩く。両方ともどっしりと重たい。

上り電車と下り電車が同時にきて、それぞれにぼくらは飛び乗る。閉まった扉の向こうで、カナエは笑顔でぼくに手をふっている。流れ去っていくカナエの笑顔を、ぼくはぼんやりと見送った。

カナエはテレビの制作会社でADをしている。それまではぼくと同じアルバイト暮らしだったが、三年前に急に就職したのだった。ADというのが何をするのかよくわからないが、雑用全般みたいなことなんだろう。とにかく忙しい仕事で、最初の一年はほとんど休みがなかった。今年になってから、それでも一カ月に二日、三日は休めるようになっている。

カナエの万引き癖は昔からで、昔というのはぼくらが学生だったころからで、本人にも理解できない波がある。続けて盗んだかと思うと、ぱったりとそういうことはしなくなり、一年後にまたはじめたりする。このところ立て続けにやっているみたいだ。運のいいことに、八割方ばれないが、二割は今日みたいにつかまって、ぼくが呼び出される。

警察沙汰になったことも、会社にばれたことも、今のところない。

ぼくらは来年早々三十歳になる。カナエは一月に、ぼくは三月に。三十歳を過ぎた成年男子が、三十歳を過ぎた万引き女を引き取りにいくという事態を、ぼくは心底恐怖している。今だってうんざりなのだ。この問題について話し合うことにもとことん疲れた。愛とか情とかとはまったく別問題で、あのアパートから――ぼくらが暮らす1DK家賃八万九千円の部屋から、逃げ出してしまおうかと何度も真剣に考えた。ぼくの荷物なんか、衣類とCD数枚くらいなのだから、それはじつにかんたんなことなのだ。けれどぼくはそうしない。万引き先から連絡がくれば迎えにもいく。それはぼくに負い目があるからだ。二年前から、ぼくの生活費のほぼ全般を、カナエが負担している。カナエが盗んだものなんかで飯が食えるかと、持ち帰ったマルホシスーパーの袋を、台所の隅にうっちゃっておいたのだが、八時を過ぎると腹が減り、とはいえ古本屋でもらった紙幣はもう小銭しかなく、結局ぼくは白米を炊いて蟹缶丼とやらを作ってみた。

布団をとりはらったこたつに丼を置き、テレビと向き合ってそれを食べる。

「うめえっ」一口食べてぼくは思わず声を出す。「まじうめえなあ」テレビから目をそらし、開けた蟹缶をしみじみ眺める。金色を背景に描かれた、赤い蟹の絵。

蟹缶丼は三分ほどで食べ終えてしまい、冷蔵庫から発泡酒を出し、解凍したたこ焼きをつまみにそれを飲む。座椅子に座って頭をのけぞらせ、煙草の煙を天井に吐き出す。腹が満ちると正体不明な多幸感に包まれるという悪い癖がぼくにはあって、マルホシスーパーの事務室や謝り続けた屈辱感や羞恥心など忘れ、しあわせだなあなんてつぶやきそうになる。いけないいけない、ぼくは胸の内でくりかえし、煙草を灰皿に押しつけて洗濯ものをとりこみにいく。

夜のなか、トランクスやちびっこいパンツやブラジャーや、バスタオルや靴下なんかが、ゆるやかな風にくるくるまわっている。

カナエはそうではなかったが、ぼくはカナエがはじめての女だった。ぼくらは二人とも二十歳だった。

小学校の時分からほとんどの放課後と休日を塾通いでつぶし、中学高校と男しかいない田舎の進学校に通い、ほとんどの学生が有名国立大学に進むその学校で、クラスメイト同様ぼくは勉強しか知らず、音楽だの映画だの女の子だの、同年代の男子が夢中になりそうなことは何もかも排したような日々を送り、しかし結局志望していた国立大には落ち、二流どころの私大にしか受からなかった。浪人はせず東京に下宿を借りてそこに通いはじめたものの、勉強しか知らなかったぼくが華やかな大学生活など送れるはずもなく、コンパだサークルだと浮かれている周囲の学生を、とことん馬鹿にすることでなんとか自我を保っていた。それがぼくの大学生活だった。

カナエとは、一、二年時に履修する第二外国語のクラスがいっしょだった。背後霊ほどの存在感もないぼくに比べて、カナエは目立つ女だった。髪をドレッドにしてきたかと思うと、数カ月後には金色の五分刈りにしたりしていた。お嬢さんふうのトラッドな格好がはやっていた校内で、カナエだけはパンク女みたいな格好をしていた。それでもクラスメイトに疎《うと》んじられることもなく、いつもたのしそうにお嬢さんふうやお坊ちゃんふうと談話していた。

そんなカナエと、背後霊以下のぼくが親しくなったのは、試験前のノートの貸し借りがきっかけだった。ノートを借りたお礼だと言ってカナエはぼくを居酒屋に連れていき、酒をおごってくれた。その晩、ぼくのアパートでぼくは童貞ではなくなった。

カナエにしてみれば、それはたんなる社交というか謝礼というか、よくあるできごとだったようで、それきり向こうからは連絡もアプローチもなかった。けれどぼくは舞い上がった。のめりこんだ。どうにかなりそうなほどカナエに会いたかった。

携帯電話がさほど普及していなかった当時、ぼくはカナエの下宿に電話攻撃をし、つながらないと駅で待ち伏せ、自分の授業をさぼってカナエの選択授業に潜入した。携帯はなかったがストーカーという言葉も、そのときはまだなかった。ぼくは単に恋に一途な大学生だった。

カナエはぼくを拒否することもなく、適当にあしらっていた。気が向けばどちらかの部屋で寝たり、時間が余れば飲みにいったり、暇すぎれば三本だての映画を見にいったりしてくれた。そういうことをする相手はほかにもいるみたいだった。それでもぼくはかまわなかった。

大学四年のとき、カナエと数日旅行したことがある。梅雨が明けたばかりで、あと数日のちには夏休みになるころだった。五限の授業のあと、いっしょに酒を飲み、海いきたいねとカナエが言い、その場のノリでぼくらは東京駅から熱海いきの電車に乗ったのだった。居酒屋からそのままいったから、もちろん持ち金なんかほとんどなかった。

カナエの万引きをはじめて目にしたのは、そのときだった。熱海のラブホテルに一泊した次の日、水着とバスタオルと浮き輪とビーチサンダルとビールを、カナエは次々盗んできたのだった。盗んだそれらを身につけて、まだだれも泳いでいない海でぼくらは泳いだ。夕方まで泳ぎ、がちがち震えながら抱き合って、公衆便所で着替え、そのまま帰らずに下田いきの電車に乗った。その日の夕食もカナエは盗んできた。ツナ缶とマヨネーズと食パン、カップスープとポテトチップス、缶ビールと地酒一本、それだけの量を、たった数分でカナエは盗んだ。じつに見事な手さばきだった。それらを、下田のラブホテルでぼくらは食した。

その数日で、カナエに対するぼくの思いは、恋という正体不明なものから、崇拝という確固たるものに変わった。

カナエみたいな人間を、ぼくは見たことがなかった。カナエといると、長々と抱き続けたコンプレックスや、人を見下すことで成り立つ自我や、勉強しか知らなかった窮屈な過去が、するすると解き放たれて、海に溶けこむように消えていった。ぼくは自由で、日常は刺激的で、世界には音と光があった。そのころカナエと見た映画——パンク歌手の短く激しい人生を描いた映画の、自分たちは主人公であるような気がした。映画だけじゃなく、カナエが好きだというすべての音楽、すべての絵画、すべての小説、すべての写真、すべてのゲームを知りたかった。

そのころの興奮や熱中や、恥ずかしい言葉を使えばきらめきみたいなものを、ぼくは今でも思い出すことができる。

電気もなく、水道もなく、娯楽などいっさいない貧しい村に、突然映画館ができたような、突然テレビゲームが導入されたような、ドリンクバーのマシンがいきなり設置されたような、つまり必要以上の文明がどんと割りこんできたみたいな、ぼくの人生にとってカナエはそういう存在だった。ぼくのほかに何人恋人がいようとかまわなかった。カナエはそこにいてくれるだけでよかった。

卒業後、アルバイトを続けていたぼくらは——ぼくが就職しなかったのはもちろんカナエの影響による——性交及びほかの男の影込みのつかず離れずのつきあいをし、四年前、一対一ではじめて正式に交際することになった。足かけ五年の思いがようやく叶ったというわけだった。貧しい村の映画館・テレビゲーム・ドリンクバーは、ぼく専用になったのだ。喜びすぎたぼくは、だれにも言っていないが浅草寺にお礼参りにまでいった。ずっと昔、取り壊される名画座でライブを見たあと、こっそりお参りしたことがあったのだ。カナエとつきあうことができますようにとそのときぼくは祈っていたから、そのお礼である。

ぼくらはすぐいっしょに暮らしはじめた。新居に必要なものを、すべてではないがいくつかカナエは盗んできた。ファミリーレストランで灰皿や食器やナイフフォークを盗み、花屋の軒先からサボテンを盗み、デパートでスリッパやパジャマを盗んできた。引っ越し祝いに、もらいもののホットプレートですき焼きをした。肉も焼豆腐も春菊も白滝も、カナエが盗んできたものだった。葱だけはぼくが買った。盗むには長すぎたからだ。

このときはまだおもしろかった。やるなあ、カナエ、あいかわらず、と思っていた。腕、あげたんじゃないのかとすら思っていた。このときは、まだ。

カナエが帰ってきたのは十一時近くなってからだった。ああ、疲れた疲れたと言いながらこたつテーブルの前に座り、缶ビールを飲んでいる。ベッドに寝ころんでいたぼくは、漫画雑誌から顔を上げ、カナエの横顔を盗み見た。

二十歳のときからまるでなんにも変わっていないように見えるが、来年にはもう三十になるのだ。よくよく見れば化粧気のない顔にはしみが浮き出ているし、金色に染めた髪は乾いてぱさついている。テレビと向き合っていたカナエが、ふいにふりむいたのでぼくはあわてて目をそらす。

「夕飯に食べた？　蟹缶」カナエは訊く。

「あ、ああ、うまかった。カナエはすんだの？　夕食」不本意な答をぼくはしている。

「お弁当でたから。でしょーっ？　蟹缶丼、いけるんだよ」カナエは満足げに言い、二本目のビールを冷蔵庫からとってきてまたテレビと向かい合う。煙草に火をつけ、せわしなく灰を落とし、「あ、このタレント」テレビを指さす。「あたしこないだ仕事いっしょになった。この人ほんものも、もっのっすごいきれいなんだよ。あのね、肌が花瓶みたいなの。つるーっとして。なんであんなにつるっとなるんだろうね、毛穴とかそもそも絶対数が少ないのかな」

蛍光灯の下で煙草の煙が青白く渦巻いている。ぼくは黙ってベッドサイドにある窓を開ける。ひんやりとした夜の空気が流れこんでくる。かすかに焼き魚のにおいが混じっている。

「なあ、カナエ」

ベッドの上であぐらをかいてぼくは声を出す。不穏なものを感じ取ったのかカナエはふりむかず、

「あ、洗濯ものとりこんでくれてありがとうね」

などと言いながら、リモコンで落ち着きなくチャンネルをかえる。

「万引き、やめようぜ、もう」

思いきってぼくは言う。カナエは何も言わず、リモコンでチャンネルをかえ続けている。胸の谷間を強調した服の女が映り、クイズの正解が映り、サッカーの試合が映り、

若い女が間違った手順で調理する姿が映り、ジョッキに注がれる生ビールが映る。

「なんかさ、おもしろくないっていうか、洒落になんないよ。今までスーパーの事務室どまりですんだけど、いつか警察にやっかいになると思うし、来年おれたち三十じゃん？　万引き、卒業してもいいと思うんだけど」

「警察にやっかいにはならない。だから毎回違うところでやってるんでしょ」

へんなところに反論し、それきり黙ってカナエはリモコンをいじっている。半分ほどしか吸っていない煙草を、山盛りの灰皿に押しつけて消している。カナエがドーナツ屋から盗んできた灰皿から、ぱらぱらと灰がテーブルに落ちる。

「なんか、疲れてる？」ぼくは訊く。「おれさ、明日バイト面接三つあんだ、もういい加減どれか決まると思うから、そしたらカナエもそんなに無理して働かなくたっていいっていうか」

「ショウちゃん」

カナエはふりむく。ぼくと目を合わせる。テレビはバラエティ番組を映している。若い女がフライパンにイカ一杯をまるごと入れ、周囲からどよめきが起きている。

「あたしね、休みもなくて本当に忙しいけど、今すっごくたのしいの。たのしいと思える仕事にめぐりあってよかったって心から思うんだ。だからショウちゃんも、なんのバイトかしんないけど、慎重に選びなよ？　もう三十、もう三十ってショウちゃん言うけど、まだ三十なんだよ。好きでもない仕事するくらいなら、今までどおり家事してたらいいと思うし。あたしはそういうの、全然かまわないんだし。さーて、お風呂入ってこーようっと」

諭《さと》すように言って立ち上がり、風呂場へといってしまう。カナエが座っていた座椅子を、ぼくはぼんやり見る。灰皿から細い煙が流れ出ている。立ち上がり、まだ火のついていた一本をもみ消し、テレビの音量を下げる。

カナエの万引きに、法則性がないことをぼくも本人もよく知っている。生理前、生理中に万引き時が集中しているわけでもないし、必要のないものをやたらに盗む性癖めいたものでもない。以前いっしょに薬屋にいったときハンドクリームを盗んでいたが、そのときは混んだレジに並ぶのが面倒だと言っていた。しかしもちろん、レジが空いていても盗むときは盗む。法則性、もしくはそれが性癖だという自覚がないから、話し合いはいつも曖昧に終わる。あるいはカナエは、いまだにあのころの気分のままなのかもしれない。盗んだ水着で初夏の海に入り、笑い合った二十歳のころの。

目覚めたら昼近かった。ベッドから上半身を起こし、舌打ちをする。アルバイトの面接は十時だった。またしくじった。どうしてぼくはいつもこうなんだろう……頭をかきむしるぼくの鼻先に、卵の焼けるいいにおいが漂ってくる。六畳和室の仕切戸の向こうを見やると、台所にカナエの後ろ姿がある。エプロンをして、流し台とガス台の前を横歩きに移動している。

「あれ、今日休み?」

自己嫌悪を一瞬にして忘れ、声をかけた。カナエはふりむいて、

「そうだよ、あと少しでごはんできるからいっしょに食べよう」

ぼくに笑いかける。

ベッドからこたつテーブルに手を伸ばし、煙草をぬきとる。火をつけ、ゆっくりと吸いながら台所で作業するカナエをぼんやりと眺めた。

台所の窓から陽射しが入りこんで、カナエの金髪と、銀の流し台をきらきらと光らせている。カナエはしゃがみこんで冷蔵庫をのぞいている。ちいさく鼻歌をうたっている。クラッシュの曲だ。火にかけた鍋から湯気が上がっている。湯気はさしこむ陽のなかをやわらかく舞いながら上昇している。根本まで吸った煙草を灰皿でもみ消し、ぼくはベッドから下りた。

ベランダに続くガラス戸を開け放つと、すばらしくいい天気だった。空は高く、澄んだ青で、風はない。向かいのマンションのベランダでは洗濯ものが静止している。大きく伸びをして部屋に戻り、ベッドの布団をひっぺがしてベランダへ移動する。ベランダの柵に広げて干した。ちーん、と小気味いいトースターの音がベランダまで届く。

洗面所で歯を磨き、髭を剃り、顔を洗う。カナエの鼻歌はSUM41に変わっている。ぼくもそれに合わせてハミングしながら顔を拭き、洗濯かごにたまった衣類を洗濯機に入れていく。洗剤をふりかけ、スタートボタンを押す。面接、いかなくて正解だったかもしれないとぼくは思う。夜間警備員なんてとくべつやりたいわけじゃないし、先の見通しがある仕事でもない。金のためだけに働くのは、カナエの言うとおり馬鹿げている。もう三十になる男がすべきことではないんじゃないか。

部屋に戻ると、こたつテーブルには品数の多い朝飯が用意されていて、ぼくはとたんに至高感に包まれる。

「おっ、なんか豪華」

「うん、アイリッシュ・ブレックファスト」テーブルに着いていたカナエはぼくを見上げ、得意げに笑う。

ついこのあいだ発売されたニルヴァーナのベスト盤を大音量でかけ、部屋じゅうの窓を開け放して、ぼくらは朝食をとる。炒り卵に、ベーコンに、ソーセージに、焼きトマトに、ほうれん草のソテーに、コーンスープに、トースト。きつね色のトースト。休みだったら今日何する？　何したい？　ビデオ見たいかな。じゃ洗濯終わったらビデオ屋いく？　あとね、服もちょっと見たいかな。じゃ新宿出る？　ショウちゃんも秋服買ったら？　そうだな、薄手のセーターでも買うかな。ぼくらは顔を近づけて話し合う。

一口齧ったソーセージが思いのほかうまくて、ぼくは感嘆の声をあげる。

「何これ、すごいうまい。こんなの冷蔵庫にあった?」

「やーだ、あるわけないじゃん。朝、ショウちゃん寝てるとき買いものいったの。遠くのスーパーまでいったんだよ。そこはすごく品揃えがいいの。生のハーブとかもたくさんあるし、このソーセージはにんにく入りでね、こっちはチョリソでこれは粗挽き。みんな種類違うの。このベーコンもいつものとは違うんだよ。デザートにヨーグルトあるからね」

カナエは得意げに説明する。そういうスーパーって高いんじゃないの、と訊こうとして、ぼくはふと口を閉ざす。トーストに卵とトマトをのせてかぶりつく。開け放った窓の外を見る。電線に馬鹿でかいカラスがとまって、ぼくたちの食事風景をじっと見ていた。

「ショウちゃん、パンもう一枚焼く? ジャムと蜂蜜もあるんだけど」笑顔でカナエが訊き、

「ああ、うん、じゃあ頼む」ぼくは答える。

いそいそと台所へいき、トースターに食パンを入れているカナエをちらりと盗み見、テーブルの上の料理に視線を移す。これも全部盗品だろうかという疑問が頭をよぎる。まさか。こんなにたくさんは盗んでやしないだろう。けれど遠くのスーパーだと言って

いた。万引き遠征じゃないのか。いやまさか、そんなはずはない。つい先週がカナエの給料日だったし。曲のとぎれ目に、ちーんと甲高い音が響き、焼けたよう、カナエの明るい声が聞こえる。ああ、うん。ぼくは曖昧な返事をして、CDの音量を下げた。目の前にトーストののった皿が置かれる。焼きすぎでもない、焼かなさすぎでもない、ぼくの好みにこんがりと焼き上がったトースト。カナエはまあたらしいブルーベリーと蜂蜜の瓶をテーブルの中央に置き、ぼくがちいさくした音量を元に戻し、ハミングしながら朝食の続きをはじめる。

「買いものいったらあたしブーツ買いたいの。雑誌で見たんだけど、ニーハイブーツ、すごいかわいいのがあんの。超ミニに合わせたらかわいくない？　そしたらビデオは夜にしようかな。ねえ、夜なんかおいしいもの食べいかない？　久しぶりだし」

機嫌よく話すカナエに相づちを打っていたぼくは、ぶるりと身震いし、上半身を傾けてガラス戸を閉める。寒い？　とカナエが訊き、うん、なんかね、とぼくは答え、けれどその寒気は、戸を閉めてもおさまらず、気がつくとパンを持つ両腕に鳥肌がたっている。

目の前に並べられている食事、蜂蜜もジャムもトーストも卵もいつもとは違うベーコンも、冷蔵庫で出番を待つヨーグルトも盗品であることをぼくは頭の隅で知っている。金がなくてもあっても、休日でも平日でも、いらいらしていても平穏でも、欲しいものでも欲しくないものでも、やめてくれと懇願されてもやってくれと奨励されても、カナエはものを盗むのだ。寒いのは温度ではなくてカナエだと、パンを飲み下したぼくは気づいてしまう。カナエの不気味さだ、と。そのカナエの不気味さは、この部屋に時間が流れるのを食い止めている。この部屋にいるかぎりぼくらは年をとらない。髪を染め路上に座り安い薬をきめそんな自分に惚れ惚れしていた二十歳のまんまだ。唐突に吐き気を感じる。今口に入れたもの、今までずっと口に入れ続けてきたもの、金を払わず腹に収まってきたすべてのものをこの場で吐き出せたら、どんなにすっきりするだろう。

「ニーハイブーツってどんなの」盗んだ卵で作ったほんのり甘い炒り卵をフォークでつつきぼくは訊く。

「膝上の。あたしがほしいのはね、膝のところで折り返せるブーツで、膝丈でもはけるし、ニーハイにもできるの」カナエは宙を見上げ手にしていたフォークで架空の絵を描いてみせる。

「それも盗むの？　それはどうやって盗むの？」ぼくは訊いていた。

「やあね、盗まないよ、そんなでかいもの盗めるわけないじゃん」カナエはぼくの肩を小突き、笑い転げる。

ごちそうさまとぼくは言い捨て、半分以上料理を残したまま席を立つ。洗面所にいき、がたがたと揺れながら脱水している洗濯機を見つめる。もう駄目だ、もうこれ以上駄目だ。今日出ていこう。今日ここを出ていこう。アルバイトなんかいくらでもある、日払いのアルバイトをとりあえず決めて、部屋が借りられるまで安原か松田っちの部屋に泊めてもらおう。そうだそうしよう。心のなかでそのひとつひとつを言葉にしながら、洗濯機の蓋《ふた》を開ける。洗濯の終わった衣類はしわしわになって洗濯槽にはりついている。それを引きはがしカゴに入れていく。六畳間から食器を重ね合わせる音が聞こえてくる。CDは終わり、鼻歌はイギー・ポップに変わっている。残ったもの、冷蔵庫に入れておくよー、と呑気な声が聞こえてくる。

ねじくれ絡まった洗濯ものの詰まったカゴをぶら下げぼくはベランダにいく。台所でカナエとすれ違い、

「おれ今日買いものいかない」

すれ違いざまぼくは言った。

「なんで？　秋の服、買おうよ。お給料出たばっかだから、お財布は心配ないよ？」

鼻歌をやめてカナエは言い、ぼくの残した朝食にラップをかけている。

「もうきみが万引きするところを見たくない」

言い捨ててガラス戸を思いきり開ける。万引きなんかしないってー、笑うカナエを遮ってぼくは強く言う。

「そういうの、もうおれおもしろくない」

ベランダに出、洗濯ものを干していく。カナエのちいさなパンツや靴下をピンチに止めていく。背後でガラス戸が開き、カナエがサンダルを突っかけてベランダに出てくる。煙草に火をつけ、干した布団に寄りかかって、洗濯ものを干すぼくの手元をじっと見ている。絡まり合ったトランクスと靴下とブラジャーとタオルを引きはがし、ひとつずつピンチに止める。ブラジャーのホックがぼくのTシャツにひっかかり、ちいさな穴が空いている。舌打ちをする。

「じゃあ買いものはひとりでいく」

憮然とした声でカナエは言う。ぼくは無視した。カナエは柵を背にしてのけぞり、空に向けて煙を吐き出している。カナエがひとりで出かけたあとで身支度をしよう。CDも本も全部売り払おう。下着と着替えだけデイパックに詰めて持っていこう。

「伊豆のときのこと覚えてる？　ショウちゃん」

いきなりカナエが言う。ぼくは無視する。フェイスタオルを干し、ぼくの靴下を干す。

「あのときたのしかったね。必要なもの全部勝手に持ってきちゃってさ。あたしの人生で一番盗んだなあ、あの何日か。ショウちゃん、すごいよろこんでたよね。カナエかっこいいって、最高だって、超パンクって、どんなつまんないもの万引きしてもすごい褒めてくれてさ。あたしあんなこと人に言われたことなかったから、うれしかったな」

カナエのハンカチを干し、寝間着を干し、ぼくのチノパンツをばさばさとはたく。

「あのときあたし、ほかにつきあっている男何人かいたけど、じつは伊豆で決心したんだ。この人とずっといっしょにいようって。ほかの男切るのに、ちょっと時間かかっちゃったけど。それまでのあたしだったら平気で二股してたけど、あたしのことを認めてくれるこの人に軽蔑されたくないって思ったの。だから晴れてみんなと別れられて、ここへ引っ越せたとき、ほんとうれしかった」

小花柄のキャミソールを干してしまうとカゴは空になってしまう。カナエは根本まで吸った煙草の火を消さず、ぴんと弾《はじ》いてベランダの外に落とす。

「さーて、じゃあ支度してあたしは出かけようっと。ショウちゃんお腹空いたら朝食の残り食べて。冷蔵庫に入ってるから」

空のカゴを持って立ち尽くすぼくをベランダに残し、カナエは部屋に戻る。ぼくはぶら下がった下着やシャツを見るともなく眺める。もし――空っぽの頭に入りこんでくる仮定を必死で追い出そうとするが、それはするりと侵入してぐるぐるとまわりはじめる。もしあのときぼくがカナエの万引きを褒めなかったら――あのときみっともないと顔をしかめていたら――そんなのつまらないと言い捨てていたら――ぼくが商品の代金を払っていたら――カナエのそういうところを「認めて」あげなかったら、およそ十年後のカナエは今とは違っていたんだろうか。好きな女に食べる姿がすてきだと言われ、ばくばく食べた結果巨デブになった友達がいたけれど、それと同じように、今のカナエを作ったのはだれでもないぼくなのか。

プラスチックの洗濯カゴをぶら下げたまま、ぼくは室内へと視線を移す。迷彩柄のミニスカートにアディダスのジャージを着たカナエが、真剣な表情で鏡と向き合い眉毛を描いている。ぼくはのろのろと部屋に上がる。洗面所へカゴを置きにいこうとして、しかし所在なくその場に突っ立ってカナエの眉描きを見ていた。

「どう、へんかな？」

カナエは顔を上げ、描いた眉をぼくに見せる。右の眉山がとんがりすぎていて、左右の太さもばらばらだった。何べんやってもカナエは眉をうまく描けない。左右が揃わないせいで、カナエは老いた日本犬みたいに見える。

「へんじゃない」ぼくは答えた。

だれが見たってへんな眉毛をくにゃりと下げてカナエは笑い、眉墨をポーチにしまう。洗濯カゴをその場に置き、ぼくは寝間着のズボンをおろし部屋の隅に落ちているジーンズに足を通す。寝間着の上を脱ぎトレーナーを頭からかぶる。

「そのトレーナーより紺のやつのほうがよくない？」

カナエに言われ、ぼくは無言で押し入れから紺のパーカを出し、それに着替える。

「じゃいこっか」

へんな眉のカナエはぼくの腕に腕を絡める。ぼくはなんにも言わず汚れたスニーカーに足を入れる。出際にちらりとふりむくと、ベランダに干した布団が蛍光灯みたいに光を放っている。ぼくに続いて玄関を出てきたカナエがうたっている鼻歌は、ピストルズだった。

糧

残業を終えアパートの最寄り駅に着いたのは九時半だった。駅前の西友スーパーは、最近午後十一時まで営業している。買いものかごを手に、ぼくは空いたスーパーのなかをうろつく。納豆とオクラ、豆腐とネギ、ブロッコリ、アスパラ、豚肉を買いものかごに入れ、レジに並ぶ。並んでいるのは、みなぼくと似たような年代の、仕事帰りの男女である。前の女の番がくる。店員が値段を読みこんでいく品物を、無意識のうちにぼくは見ている。カップ焼きそばの、同じ銘柄のものが四つ、カップスープ、レーズン入りのパン、パック入りのマカロニサラダ。焼きそばＵＦＯが好きだからって、四個も買うことないのに。それに焼きそばとマカロニサラダを夕食にするつもりなんだろうが、炭水化物をとりすぎだ。どうせ総菜を買うのならきんぴらとかカボチャの煮物、どうしてもマヨ味っていうのならポテトサラダにするべきだ……などと考えているうちにぼくの番がくる。金を支払い、釣りをもらい、それでも仁絵《ひとえ》よりはましだと思いながら、買ったものをスーパーの袋に詰めていく。焼きそばUFOとマカロニサラダ。仁絵に比べれば上等だ。

駅から徒歩七分のところにぼくらの住むアパートはある。一階がコンビニエンスストアだ。コンビニわきの階段を上がり、鍵を開けて部屋に入る。ダイニングと一続きになっているリビングルームの明かりは消えている。けれど、右わきにある和室の襖から橙の明かりが漏れている。仁絵は帰っているんだろう。

カウンターキッチンに入り、明かりをつけて今買ってきたものを並べる。冷蔵庫からビールを取り出して立ったまま飲む。冷蔵庫わきのゴミ箱に、茶色い紙袋がまるめられて捨てられている。何か不自然なので、思わずそれを取り出し中身を見てしまう。やっぱり、カラムーチョとカールカレー味の空き袋が入っている。スナック菓子の空き袋をそのまま捨てず、こうして紙袋に入れて捨てるとは、仁絵もぼくに遠慮しているのだろう。

ひとりぶんずつ冷凍してあるごはんを解凍し、簡単に用意した夕食——オクラ納豆、豚肉のアスパラ巻、茹でブロッコリ、豆腐とネギの味噌汁——を、テレビを見ながらテーブルで食べる。和室からはなんのもの音もしない。仁絵はもう寝てしまったのかもしれない。

言い合いや喧嘩はもうずいぶん慣れたけれど、いくら慣れても疲弊することにかわりはない。昨日の喧嘩はいつにもまして派手だった。一週間ほど仁絵はぼくを無視するだろうことを、クイズ番組を見ながらぼくはあらたに覚悟する。

喧嘩をするといつも思うことだけれど、喧嘩の発端はたいがい阿呆みたいなことだ。たとえば昨日は――この問題では幾度となく衝突しているから、昨日も、と言うべきか――食問題だった。仁絵はごはん代わりにスナック菓子を食べる。朝にキャラメルコーン苺《いちご》味を食べ、夜に関西かつおだし風味のポテトチップスとかバター醬油味のポップコーンを食べる。平らげる。そのあとサプリメントを何粒も飲む。いっしょに暮らすようになってから、台所の棚にはびっしり菓子が詰まっていて、切れたことがない。そしてぼくはその食生活にうんざりしている。憎んでいるといってもいい。

とはいえ、ぼくだってまともな食生活を送っているわけではない。今日の昼は立ち食い蕎麦屋の冷やしとろろ蕎麦だし、昨日は残業が長引いてコンビニの弁当だった。グルメではないし、有機野菜じゃなきゃだめだとも思わない、だしからとらなきゃ料理じゃないとか考えたこともない。けれど、食事と菓子は違う。絶対的に違う。

私が何を食べていたってあなたの体には関係のないことなんだから云々かんぬんと仁絵は決まり文句のように言い、それは実際そのとおりなのだが、夕飯がわりに菓子を食っている人間を見るのもぼくはいやなのだ。だって下のコンビニにいくのなら、菓子でなくても、おにぎりや弁当を買えばすむことじゃないか。

この食問題は、幾度となく持ち上がるがしかしそのたび平行線だ。どちらもが自分の言い分を正しいと思っているから始末に負えない。喧嘩はいつも、菓子問題を飛び越えて別の問題に移行する。ヒートアップしたぼくらは、幼少時の食生活やもっと下品に言えば育ちみたいなこと、生活に対する姿勢や悪癖のこと、思考回路の幼稚さや、かつて愛情表現として打ち明けあった人間関係での失敗、そんなものを掘り起こしたり引っ張り出したりして目の前に並べ立て、おたがいをののしり合う。そういうときのぼくは、ぼくらが直面している問題は宗教の差異よりもたちの悪い決定的な亀裂だと思うし、もう本当に別れるしかないと一大決心をするのだが、寝て目覚めて会社へいって、煙草を一本吸ってみたりすると、「でも菓子」と、我に返ったように思う。菓子ごときでこの騒ぎ。亀裂とか、別離とか言うほどのことか？

ちなみに煙草問題も数カ月前までは喧嘩の種だった。煙草のにおいを仁絵は毛嫌いしているのだ。人間は絶対に煙草を吸うべきではないと彼女は純粋に信じている。ベランダに出て吸っていてさえ仁絵はぎゃあぎゃあ言った。それこそ煙草が害悪をもたらすのはぼくの体であってきみは関係ない云々とぼくは決まり文句のようにくりかえしていたが、なんでも彼女のヘビースモーカーの父が肺癌で死に、煙草のにおいを嗅ぐと父親のもだえ苦しんだ最期を思い出すのだという、主観的主張にぼくは負けて、煙草は家以外で吸うようになった。末期癌だった父親の最期を説明する彼女の見事な描写力のせいで、はからずも本数も減った。

ぼくは煙草をこの家では吸わないから、きみもこの家では菓子めしはやめてくれ、という交換条件はしかし成り立たない。そこが腹の立つところだ。だいたい仁絵はもう三十一にもなるというのにそういう理知的判断ができない、すぐ感情的になる……と、再沸騰しそうになった怒りをおさえこみ、ぼくは味噌汁を飲み干す。

洗いものをすませ、風呂に入り、そろそろと和室の襖を開けると、仁絵はまだ起きていた。ぼくを見て、耳に当てていたヘッドホンをずらし、「よ」と、どこか照れくさそうに言って右手をあげた。仲なおり、ということらしかった。

布団に並んで寝ころんで、白く浮かび上がる天井を見、明日どこにいこうかという算段をぼくらはする。土曜日は、二人の休日が重なる唯一の日だ。天気予報は見た？　晴れって言ってたよ。じゃあ弁当持って行楽いく？　行楽シーズンだし。行楽って、山とか？　うん、公園とか。映画も見たいのあったんだよな。じゃ早起きして両方いく？

土曜日は唯一平和な日だ。出かけることが多いから仁絵は夕飯に菓子を食べない。レストランに入れば彼女もちゃんとメニュウから選ぶ。家にいるときはぼくが料理する。目の前に出されれば彼女はちゃんとそれを食べるのだ。おいしい、とか、塩っ辛いとか、だしが薄いとか、いっちょまえの感想を述べながら。

一階のコンビニのせいで、和室はいつも白々と明るい。うとうととしてくると、海のなかから太陽を見上げているような気分になる。仁絵が布団越しに手を伸ばしてきて、ぼくの手を握る。乾いたちいさな手をぼくは握りかえす。やりたいな、と思ったけれど、眠かったし、喧嘩後の性交というものが苦手なぼくは、手を握ったまま身動きせずに眠りを待つ。やがて隣の布団から、静かな寝息が聞こえてくる。


時計を見たらもう八時近かった。どうりで腹が減っているはずだ。フロアを見まわし、夕食を食いっぱぐれていそうな人を捜す。古川さんがいてくれたらいいな、となんとなく思っていると、タイミングよく古川さんが会議室から出てくるのが見えた。

「古川さん、ごはん食べました?」声をかけると、

「まだ、まだ。ポジ選び二時間もかかっちゃった」古川さんは笑う。

「めし……」言いかけると、

「いいとこあるのよ、外苑前だけど。溝口くんもう帰るだけならいっしょにいかない?」抱えていたポジ袋をデスクにどさりとおろし、古川さんは言う。

古川さんは若く見えるがたしかもうすぐ四十歳になる女性で、ぼくらが作っているガイドブックの、主にビジュアル面を担当している。長くつきあっている恋人がいるが結婚をするつもりはないらしい。恋人は彼女より五つ年下で、定職がなく、下戸で、おごってくれることなどなく、金がなくなってくると古川さんちに入り浸り、といいところ

はほとんどないが、性格がやさしく顔立ちがかなりいけてるらしい。先輩にあたる女性のプライベートにぼくがくわしいのは、彼女と食事をすることが多いからだ。食事中、極力仕事の話をしたくないぼくらは、社員の噂話や、音楽や映画の話なんかを主にするが、そういうネタがなくなるとおたがいの生活についても話す。酒が入ったときはそっちのほうが多い。

古川さんとぼくは味覚がじつによく似ている。おいしいと思うものと、またいきたいと思う店と、食べてみたいと思うものが驚くくらいに合致する。食べることにおいている関心の比重も似ている。グルメのように（あるいは餓鬼のように）美食を追求したくはないけれど、間に合わせのようなもので腹を満たしたくはない。

そんなわけで、古川さんが誘ってくれる店は、ぼくにとってはずれがない。

青山通りから細い路地を入ったところにあるその店は、内装のしゃれた和食系の飲み屋だった。テーブルや家具はみな黒檀で、見事な生け花があちこちに飾られている。距離を置いて整然と並んだテーブルは、三分の一ほどしか埋まっていない。音楽は流れておらず、静けさのなかに人の話し声が低く響いている。

薄暗い店内のテーブルに着き、メニュウを広げる。「冬瓜《とうがん》のじゃこサラダ」「合鴨のロース」「かも茄子南蛮煮」「湯葉の蟹包み揚げ」まったく同じタイミングで料理名を言い合い、ぼくらは顔を見合わせて笑い出してしまう。

運ばれてきた料理を夢中で食べながら、仁絵のことを考える。仁絵は年中無休の大型書店で働いていて、水曜と土曜が休みになる。休みの今日は、何も予定がないと言っていた。きっと一日家のことをしていたんだろう。出かける予定のない休日は、仁絵はこまめによく働く。隅々まで掃除をし、洗濯をし、ぼくの衣服のアイロンまでかけてくれる。模様替えをすることもある。そういうことなら仁絵は好んでやるのだ。昼と夜に仁絵は何を食べたんだろう。菓子棚に入っていたカラムーチョか、かっぱえびせんか。せめてえんどう豆のスナックだといいなと思う。繊維が豊富だとパッケージに書かれていたから。いや、ビールめしでなければとりあえずなんだっていいやと重ねて思いながら、きんと冷えたビールを喉に流しこむ。ビールめしというのは仁絵用語で、その名のとおりビールをめし代わりにする。小麦から作られているんだから、パンを食べてるのとかわらないはずだと仁絵は奇妙な主張をする。

「別れようかなって思ってるのよね」

ついさっき鴨がうまいと感嘆の声をあげていた古川さんが、ふいに声のトーンを落として言う。

「え、彼氏と？　でも長いんでしょう」

「長いけど」膝に広げたナフキンを持ち上げ口の端をふきながら、古川さんはスプーンで冬瓜をすくい、料理に目を落としたまま話し続ける。「私ね、食べるの好きでしょう。

私の彼は食べることに全然興味がないって前に言ったよね。私、彼は味音痴なんだと思ってたの。おいしいとかおいしくないって、きっとわかんないんだなって。でも最近、そうじゃなくて、彼は食べるって行為を憎んでるんじゃないかと思いはじめて」

驚いてぼくは顔を上げる。

「え、別れたい理由ってそういうことなんですか？」

「なんだと思ったの？」

「定職がなくて頼りないとか、お金なくなると古川さんちにきてめし食ったりとか」

「ああ」小刻みにうなずいて、古川さんは「日本酒頼もうか」独り言のように言い、手を上げてウエイターを呼ぶ。ついでに何品かぼくは追加注文する。

「そういうことはね、じつはどうだっていいの。あれはただの愚痴。仕事したくないのなら私が働く、家賃払えなくなったらうちに転がりこんでくればいいって思う。私、働くの好きだし、今の仕事も好きだしね。だけど、食べることがね」

古川さんは言葉を切り、湯葉揚げを箸でちぎって口に入れる。口紅のすっかりはげた唇は、油でぬらりと光っている。咀嚼《そしやく》するために動く古川さんの唇をぼくはぼんやりと眺め、冷えた春鹿《はるしか》を口に含む。

「なんかね、彼んち、おっきなお酒屋さんで、ちっちゃいころから両親二人とも働いてて、学校から家に帰るじゃない？　そうすると、千円札がぽんってテーブルに置いてあるんだって。それでなんか買って食べろってこと。彼さ、小学生のころからひとりでラーメン屋とか定食屋とか入ってごはん食べてたらしいのね。中学生になると、お金ほしくなって、お菓子買うようになったって。ほら、千円置いてあるけど百円のお菓子買えば、九百円は余るじゃない？」

ししゃもの燻製《くんせい》と南瓜《かぼちゃ》のレモン煮が運ばれてきて、ぼくはそれに箸をのばす。古川さんは料理を見つめたまま話し続ける。

「お弁当とかもね、一度も持ってったことないんだって。彼の高校は厳しくて、お昼に外に買いものいけなかったらしいの、お弁当忘れた人は購買部のパンを買うらしいんだけど、そのパンは一週間単位の日替わりで、でも一週間ごとに延々同じメニュウが続くわけよ。彼は三年間ずっと、月曜日から土曜日まで、同じもの食べたんだって。月曜日は卵サンドとチーズ蒸しパン、火曜日は焼きそばパンとクリームパン……って、今でもメニュウが言えちゃうの」

ぼくは会ったことのない古川さんの恋人を想像してみる。学生服を着たその恋人が、卵サンドだのクリームパンだのを無表情に食べているところを。けれど詰め襟の上はいつのまにか仁絵の顔になっている。能面みたいな顔でパンを咀嚼する仁絵。

「それでね、その話聞いて、あ、この人、そのことをずうっと怒ってるんだなあって思ったの」

「何を怒ってるんですか？」ぼくは訊いた。

「すべてよ。働いていた両親、食事を与えられないこと、メニュウを変えない購買部、コンビニにいくことを許さない規則、つめたく冷えたパンと乾いたお菓子」

「でもそれ、その人にとったら二十年も前の話でしょ」ぼくは言う。南瓜を皿に取っていた古川さんは顔を上げてぼくを凝視し、

「ねえ、私思うんだけど、人ってものすごく長いあいだ怒りや憎しみを抱えられるのよ、でもそのことに自分では気づかないの。彼さ、マックのハンバーガー、あの一番オーソドックスなのをね、四つ食べたりするの。だったらチキンとかフィレオフィッシュとかいろいろ取り混ぜればいいと思うんだけど、おなかに入ればみんな同じだって言うわけ。それね、もちろん彼は自分が怒ってるからそんなことしてるって思ってない、でも無意識に、仕返ししてるんだと思うの」

　ぼくらはしばらく黙ってテーブルの上のものを食べ続けた。どれもこれもおいしかった。

最後はめしものでしめたいと漠然と思っていると、

「鶏そぼろと舞茸の炊きこみ食べない？　最後に」お猪口を飲み干して古川さんが言った。

「それでね、この人は食べること、それにまつわることを全部憎んでるって思ったとき、合点がいったの。私、彼とごはん食べてると不快になるの。それはつまり、怒りとか憎

しみとかが伝染するからだと思うの。ねえ、これってかなり深刻な問題だと思わない？食べることを共有できない人とつきあうって、定職がない人とつきあうことより難しいことだと私は思っちゃうのよね」

「なんとなく、わかります」

ぼくは言った。菓子問題で喧嘩をしたとき、ぼくらも何かそれ以上のことを言いつのる。たとえばついこのあいだの喧嘩では、ごはんはきちんと派のぼくに仁絵は「代々続いた農家の血が指先まで染み渡って米と味噌汁がないと不安になる、蓄えがないと不安になる、みみっちい農耕民族野郎」とののしり、ぼくはぼくで「高校生のときの過激ダイエットがもとで食事するのがこわくなったデブ恐怖症め」というようなことを言った。(仁絵は高校生のころ八十キロを超える肥満体で、一日にポッキー一箱とか、バナナ一本というダイエットで三十キロ落としたと、かつて聞いたのだ)。そこからぼくらは問題を果てしなく広げ、相手に非を認めさせるために躍起になり、やがてそれは度を超して「決定的な亀裂」だと各々思いこむ、というわけだ。

「でも、たかが食の話ですよ」ぼくは付け加えた。

古川さんはぼくのお猪口に春鹿をつぎ足し、

「だけどね、いっしょなら何を食べてもおいしい十代のころとはもう違うのよ、私はね」

自分のお猪口にも注ぎながらぽつりと言った。

駅までいっしょに歩いた。満月に近い楕円の月が空の真ん中にひっかかっている。青山通りにあまりひとけはない。古川さんのヒールの音だけが響く。

「バジリコスパゲティのバジルソースを作ったことある？　あれ、作ってみると断然おいしいのよ」

恋人のことはもう話さず、古川さんはいつものように料理の話をしている。

「え、むずかしいんじゃないんですか」

「それがすごく簡単なの。フードプロセッサ持ってたわよね？　バジルの葉っぱを一袋でしょ、にんにくとオリーブオイル、それからこれが意外に大事なんだけど松の実」そこでふいに言葉を切り、古川さんは立ち止まった。数歩先に歩いたぼくはふりかえり、次の言葉を待った。

「松の実と、なんですか？」ぼくは訊いた。材料を考えているのかと思ったのだが、古川さんはぼくを見つめぱちぱちと瞬《まばた》きをして、

「ねえ、寝ない？」

と言った。

その言葉の意味するところを理解するのに数秒要した。答を出すのにはもっと必要なようだった。

「えーと、あのう」ぼくは口のなかで言った。古川さんはぼくをしばらく見つめていたが、一瞬、水をかけられたような顔をしたのち、

「やだ、私さっきの店に携帯忘れてきちゃった。とってくるから先に帰ってて。またごはん食べようね！」

早口で言ってくるりとぼくに背を向けた。声をかける間もなく古川さんは遠ざかっていく。

夜のなかを走る古川さんのうしろ姿をぼくはその場に突っ立って阿呆のように眺めていた。カーキのブルゾンを着たちいさな背中は、ぞっとしてしまうくらいさみしげで、目を離すことがなかなかできずにいた。


十九歳のときぼくは大学のクラスメイトと交際していた。どちらもひとり暮らしで、毎日どちらかの部屋に入り浸っていた。朝も夜もぐちゃぐちゃに溶けあったようなけじめのつかない日々で、志望していった大学だというのにほとんど授業にも出ず、出るとしたら幼稚園児みたいに彼女と隣同士の席に座っていた。長い期間きちんと交際するのはぼくにとっても彼女にとってもはじめてのことで、ぼくらは「同じであること」にとことんこだわっていた、ような気がする。同じものを見ること。同じように感じること。同じものを好み、同じものをださいと却下すること。まるで同一人物になろうとするか

のように。たぶんものすごく幼かったんだろうが、十九歳のぼくらはまだ自分というものがはっきり確立していなくて、価値観をすりあわせることはさほど難しいことではなかった。二十歳を過ぎたころには、ぼくらはまったく似たような言語でものごとを表現していたし、大小の事件や状況や、あるいは映画や音楽に対して、ほとんど差違のない感想を持った。

ひとつだけ思い出せないことがある。彼女の誕生日も別れることになった理由も、好んで聴いた音楽もともに歩いた道も明確に覚えているのに、あのころのぼくらが何を食べていたのかだけが思い出せない。たぶん、ろくでもないものだったんだろう。ジャンクフードか安い居酒屋のつまみか、学生食堂の肉なしカレーか。お金もなかったし、ぼくらは二人とも料理などできなかった。何より決まった時間に食事をとるような、人間らしい暮らしじゃなかった。それに、ごはんなんてどうでもよかったのだと思う。ジョン・ウォーターズのハリウッド進出についてどう思うか言い合うことのほうが、何倍も重要だったのではないか。

古川さんにもきっとそんな時期があったのだろう。自分の体がどうにかなってしまいそうなくらい好きな男がいて、その男の前には、それまでかたくなに守ってきた自分だけのルール——通帳には一月の家賃ぶんを絶対残しておくとか、ひげ剃りあとの濃い男は嫌いだとか、出された料理を残すなんてあり得ないとか、カラオケなんて絶対いきたくないとか――そんなことが全部たやすく吹き飛んでしまう、そんな恋をしていたんだろう。帰りの混んだ電車のなかで、見知らぬ男の広げた新聞紙に頬をかすめられながら、ぼくは二十年前の古川さんのことを思う。そのころの古川さんは、バジルソースの作りかたなんて知らず、外苑前のおいしい飲み屋も知らず、たとえ恋人がマクドナルドのハンバーガーを続けざまに十個食べても、きっと彼の過去から憎しみなんて言葉をひっぱり出さなかっただろうと、ぼくは思ってしまう。当然、味覚が合うだけの男を誘うなんてことも、思いつかなかっただろう、と。

その日は校了で、アパートに帰り着いたのは十二時近かった。四時ごろだれかが買ってきたサンドイッチを食べただけだったが、空腹も感じないほど疲れていて、コンビニエンスストアにも寄らずに帰った。仁絵はまだ起きているらしく、和室から橙色の明かりが漏れている。風呂に入り、寝室の戸を開けると、ベッドに寝そべって漫画を読んでいた仁絵があわてて何かを隠した。隠しても彼女が手にしていたものが何かはわかった。チーズビットの大袋だ。

「お帰り、早かったね」仁絵は愛想よく言いながら、子どものように後ろ手にそれを隠し、蟹歩きで部屋を出ていく。菓子棚がぱたんと開いてぱたんと閉じる音が聞こえてくる。

「早いかな、十二時だぞ、もう」ひどく疲れていた。パジャマに着替え、ベッドをちらりと見る。

しわの寄ったシーツの上には漫画雑誌が開いたままのっており、チーズビットのかすが落ちている。

「だって校了って言ってたからもっと遅いかと思った」

仁絵はにこにこしながら言い、落ちているかすに気づきもせずベッドにあぐらをかく。

「ああ、最近タクシー代出ないから、終電までには絶対に帰らせるようなスケジュールになっててさ、それで社員がどんなに無理しても」

ぼくは言葉を切る。あぐらをかいて膝の上に漫画雑誌を置き、話すぼくを見上げている仁絵をまじまじと見る。

「さっきのって夕飯？」力なくぼくは訊いた。仁絵は笑っていた顔を少しだけこわばらせ、

「べつに。夜食」不機嫌な声を出す。

「いいんだけど。夕飯でも夜食でもいいんだけどさ、やっぱりベッドの上で食べるのはやめてくれよ。このあいだのことをもう言い合う気持ちはないんだけどさ、ベッドの上で菓子食ってられるとなんかげんなりしちゃうんだよ。それにさ、そのかす、きみは平気だろうけどちくちくすんだよな、けっこうにおうし」

こめかみを揉みながらぼくは言い、ぼくが寝る場所を払ってかすを下に落とす。明日掃除機をかければいい。ベッドに腰を下ろすと、仁絵は忍者みたいな素早い動きでベッドから降りた。部屋の隅にいき、ぼくをじっと見据えている。仁絵がどいてくれたので、その下のかすも払いのける。いくつかのかすは掌《てのひら》にぺたりとはりつき、ぼくはため息をついて洗面所に向かう。手を洗って戻ってみると、仁絵はさっきと同じ部屋の隅でじっとぼくを見ている。やりたいと唐突に思う。へとへとに疲れてはいるが、それとこれとはべつなのだ。

「寝ようか」ぼくは誘うように言ってベッドに横たわった。明かりを消すべく照明のひもに手を伸ばすと、

「私もう耐えられない。ねえミゾッチ、私ここを出ていくね」

脅しつけるような声で仁絵が言った。ああ、またいつものか――出かけたため息を飲みこみ、

「な、悪いけど続きは明日にしてくれないかな。ちょっとマジ疲れちゃって。明日話そう」

ぼくは言う。

「いつものことじゃないの。私は本気なの。もう本当にいや。我慢の限界」

部屋の隅で目を見開いて、絞り出すように仁絵が言う。ぼくは上半身を起こして仁絵

を見た。たしかにいつもと様子が違う。

「たかがお菓子のことってあなたは言うけど、そうじゃない。私ね、はっきり言ったら気の毒だと思ったからずっと黙っていたけど、言わせてもらう、あのね、あなたは世界で自分が一番正しいと思ってんの、ナルシストでファシストなの。あなたが何を正しいと思って、何を世界ルールにしたっていいわよ、だけどそれをこっちに押しつけるのはやめてよ。あなたの法律はあなたひとりで守ってればいいでしょっ」

仁絵は言っているうち興奮しだし、最後はそう怒鳴り散らしながら、寝室のクロゼットを開け旅行鞄を取り出して、乱暴に服を押しこみはじめる。しゃがみこんだ仁絵のトレーナーはめくりあがり、背中が露出している。露出部分が三日月のかたちになっているると、そんなどうでもいいことをなぜかぼくは考えている。

「あのさあ、ちょっとオーバーだと思うんだけど」ベッドに腰かけなおし、トレーナーからのぞく三日月型の肌を見つめてぼくは言った。

「オーバーじゃないっ」仁絵はぴしゃりと言う。「私ずっと思ってたことなの。菓子を食うな、ベッドで食うな、それは全部あんたが決めたことでしょうが、ここんちの家賃は同じ額だけ払ってんのになんで私があんたの決めたことに従わなきゃなんないっつーのよ、『ごはんがわりにビールなんてやめてくれよ』？　私の夕飯をなんであんたに決定されなきゃなんないの」いきなり乱暴な口調になっている。「いい？　私はいっつも譲歩ばっかり。あんたが菓子気味悪いっつーからこそこそ食ってんの。冷蔵庫だって私は無印《むじるし》がほしかったのに、常備菜をたくさん保管したいってあんたが言い張るからあんなださいのになったんでしょーが。あんたがね、女と二人でごはん食べて酒飲んできたって私はなんにも言わなかったよ。雑誌に出てくるような店に毎週末連れてかれるのも我慢してつきあってた。掃除も洗濯も、あんたはなーんにもしないから私が全部やって、それだって文句言ったことなんかないでしょ？　人と人が暮らすには、それぞれのテンポや事情や、性癖や主義主張があるんだからしかたないって私は思ってたの。でもあんたとはその一番大事なところでいつも食い違う。食い違ってることにすらあんたは気づいてない。自分の主張に相手を合わせるよう強要することしかできない男なんだよ、あんたは」

自分の口がまぬけなくらい開ききっているのはよくわかったが、閉じることができなかった。何を言われているのか、まったくわからなかった。いや、わかるにはわかる。けれど冷蔵庫ってなんだ？　掃除洗濯ってなんだ？　女と酒？——とっさに思ったのは古川さんのことで、「でもおれはなんにもやってない、あれ以降だって誘われてない」と思わず言いそうになったのだが、それは墓穴というものだ。仁絵が言っているのはあの夜のことではないはずだ。開きすぎて口のなかがからからに乾いている。唾を飲みこもうとしたが、なかなかうまくいかなかった。

仁絵の荷造りは数分で終わってしまった。トレーナーに膝の出たジャージ姿の彼女は、中途半端にふくらんだ旅行鞄ひとつを持って、ぼくの前に仁王立ちになり言い放った。

「そういうことだから。残っている荷物は今度の水曜に運び出します。留守中にやるから気にしないで」

「だっ……だっ……」ぼくはみっともなく口ごもり、やっとのことで言葉を押し出す。「だってさっきはきみ、に、にこにこしてたじゃない……」

「でも決めてたの。今度なんかうだうだ言われたらさっぱり出ていこうって、私はずっと前から決めてたの」

はきはきと発音し、和室の戸を開ける。

「そ、そんな寝間着のままどこいくんだよ……、そんな格好で歩いているやつなんかいないぞ……」そんなことを言うのが精一杯だった。

仁絵はきっとふりかえり、ぼくをにらみつけながらジャージを脱ぎ捨て、クロゼットからジーンズを取り出して尻をふりながらそれをはいた。パンツから陰毛が数本飛び出しているのが、なぜか目に残った。

和室から仁絵が出ていく。暗いリビングを通り抜け玄関に向かう。乱暴にチェーンロックをはずしドアを開け、ばたんと大げさな音をたててドアが閉まる。その瞬間、ぼくはおろおろと立ち上がり、仁絵の足跡を踏むようにリビングを歩き、玄関を出る。外階段の手すりにもたれ通りを見下ろす。仁絵の姿はどこにもない。ただのっぺりと夜が広がっている。

違うと思う。菓子のことは菓子だけのことで、冷蔵庫とも出自《しゅつじ》とも癖とも欠点ともなんにもつながってない。ハンバーガーをいくつ食べたってそれは過去とは関係ない。なんでみんないっしょくたにするんだ？　いっしょくたにするから、話がこじれ、我慢できなくなり、相手が憎くなってくるんじゃないか。ぼくは階段を下りる。冷たく乾いた感触がして、足元を見下ろすと裸足のままだった。戻って靴を履こうかとちらりと思ったが、そのあいだに仁絵がずっと遠くにいってしまう気がして、ぼくはそのまま階段を下り、冷えたアスファルトの道に出ていく。菓子なんかで恋愛関係が終わるのはおかしい。あまりにも馬鹿げている。

「仁絵」

ドラマのなかみたいに思いきり叫んだつもりだったが、ぼくの口から漏れたのはため息みたいに頼りない声だった。通りには人の姿がない。辺りを見まわすと、コンビニエンスストアのレジ係と目が合った。金髪の若者は不思議そうな顔でぼくを見ている。

「仁絵」

駅の方に向かってぼくは歩き出す。駅まで続く道は直線なのに、仁絵の姿は見あたらない。反対側へいったのか。きびすを返し、駅方向に背を向けて歩き出す。街灯が照らす歩道に、けれどだれの姿もない。車や電信柱の陰に仁絵は身を縮こまらせて隠れて、息を殺しこみあげる笑いを抑えているのではないか。かくれんぼに興じる子どものように。そう思い、猫でも捜すようにしゃがんだり電信柱の裏にまわったりして仁絵を捜す。どこにもいない。菓子のにおいが残っていないかと鼻をひくつかせるが、雨のあとみたいな初冬のにおいがするきりだ。

ふとぼくはかたわらの建物を見上げる。三階の部屋、ぼくらの寝室がある場所に、橙色の明かりが灯っている。それはあんまりにも穏やかな色合いで、ぼくは錯覚してしまう。あの明かりの下でぼくらはベッドに横たわり手をつないでいるのではないか。眠い目をこじ開けて、同じ目線と同じ感覚を身につけようと躍起になって、それからわくわくと休日の算段をして。菓子も煙草も冷蔵庫も常備菜も家事の分担も、なんにも入りこめないくらいぴったりと寄り添って。

靴を履いていない、やけになまっちろい自分の素足に視線を落とし、仁絵、と心のなかでもう一度だけ呼んでからぼくはすごすごとアパートに戻る。もしこのまま仁絵が帰ってこなかったら——そのまま何年も経ったとしたら、ぼくは何を覚えていて何を忘れているんだろうなと思いながら。

二者択一

これで正解だったんだろうかと、最近ずっと考えている。まるいちいさなテーブルに朝食を並べながらも、私はずっと考えている。これでよかったんだろうか。

よかったんだと思う日もあれば、やっぱり間違っちゃったかもと思う日もあり、それはなんだか、私のなかで一種の占いみたいになっている。よかったと思えればその日は調子がいい日だし、そうでなければあんまりよくない。

とりあえずひとりの暮らしでは、朝も夜も深夜も、好きなものを食べて好きなものを飲むことができる。ホットケーキのチョコシロップがけ、小皿にはとんがりコーンを山盛りにして、いただきますと私はちいさく言いそれらを食べはじめる。

部屋の窓からは、隣のアパートが見える。窓の位置がずれているので部屋のなかの様子はわからない。ただ煉瓦の外壁が見える。外壁の上に、ほんの少しの空が見える。今日は曇り。私と向かい合うように置いてあるテレビは、午後から雨だと告げている。

一カ月前まで私たちが住んでいた部屋に比べたら、ここはうんと狭い。でも、二人で暮らす前はこれくらいの部屋に住んでいた。そのころのことはなんだか全然思い出せない。ひとりの部屋で、どんなふうに食事をして、どんなふうに退屈な時間をまぎらわせ、どんなふうに恋をしていたか。それはほんの数年前のことなのに、うまく思い出せないのだ。

酒のせいだよ、と上野くんがここにいたならば言うのだろう。酒の飲み過ぎで、記憶がいかれはじめてるんだよと、冗談半分、しかしあとの半分はかなりの本気で。

今こうして思い出しても腹がたってくる。なにが「酒のせいだよ」だ、健康オタクだろうが、女の趣味が果てしなくロリに近かろうが、私は上野くんの趣味嗜好にはいっさい口出ししなかったっていうのに。実際この場で言われたわけでもないのに、私はむかむかしながらホットケーキにフォークを突き刺す。

やっぱりこれでよかったんだ。あんなやつといっしょにいなくて正解だった。今日はそう思える。きっといい日だ。

リフレクソロジーの予約はみな午後二時以降で、飛びこみの客もきそうにはなく、今日はアロマテラピーの予約もコスメティックづくりの講習会もない。要するに、暇である。私は受付にぼんやり立って、ウエイティングルームをてきぱきと掃除する鹿野さんをなんとなく目で追う。鹿野さんは二十三歳で、私と同じ申《さる》年だ。あんまり自分のことを話さない女の子だが、私とユミエの執拗な質問により、三つ年下の恋人がいることを白状した。恋人はまだ学生らしい。

もし私が二十三歳だったら、と、最近考える。二十三歳で、まだアルバイトのようなことをして、何より自分というものをよくわかっていなかったら、恋愛というものの手触りがずいぶん違うんじゃないのか、などと。

「遠藤さん、私雑誌買ってきましょうか。そろそろあたらしい月号が出てると思うんで」

話しかけられて顔をあげると、化学雑巾を持った鹿野さんが私を見ている。

「ちらしってどこにあるっけ」あわてて私は訊く。

「カウンターの下の段ボールですけど」鹿野さんはきょとんとした顔で私を見ている。

その場にしゃがみこむと、ちらしの詰まった段ボールがある。私はちらしの束をつかみ、

「ほいじゃ私、駅前でビラまきしてくる」

カウンターから出ると、鹿野さんはあわてて私を止める。

「えっ、いいですよ、私いきます、何も遠藤さんがそんなことしなくっても」

「うーん、でもひまだしさ。あ、雑誌ね、うん、雑誌お願いするね」

へんな受け答えだと思いながら言い、私はあわててサロンの外に飛び出る。外は曇っており、雨は降り出していないが空気がじっとりと湿っている。私はちらしの束を抱え駅前まで急ぐ。駅前の一番いい場所はすでに金貸し屋のティッシュ配りが占領していた。しかたなく、横断歩道のこちら側で私はビラ配りをはじめる。ビラを受け取ってくれる人はあんまりいないけれど、よろしくお願いしまーす、フットマッサージのサロンです、三十分二千円からあります、と、声をはりあげていると、気がまぎれる。少なくとも、客のこない受付でぼんやり立っているよりは、あれこれとつまらないことを考えなくてすむ。

一時過ぎにユミエと昼ごはんを食べにいく。ユミエは高校時代からの友人で、サロンの共同経営者でもある。駅前通りから路地を入ったところにあるレストランで、ユミエは蟹コロッケを、私はビーフシチュウを頼み、向き合って食べる。店内は空いており、ちいさな窓からはどんよりと曇った空が見える。

「今日病院いってる子たち帰ってくるんでしょ？」ユミエが訊く。

「うん、でもミーティングは来週でいいんじゃないかな。彼女たちも疲れてるだろうし。レポートまとめてもらってからのほうが効率いいだろうし」

「契約までいくかな」

「どうだろうなあ。アロマのほうは無理だろうけど」

「コスメもね。まだまだって感じだもんね」

店がしずまりかえっているので、それにつられて私たちも必要以上に声を落として話す。

病院でのリフレクソロジー出張サービスを提案したのは私だ。長く入院している患者は利用したがるのではないかと安易に考えたのだが、病院側からなかなか許可が下りない。数週間前、わりあい大きな個人病院がやっと試験期間を設けてくれ、サロンから何人かが出向いてサービスを行っている。試験期間だからしょうがないが、今のところただのボランティアとしていいように使われている。色っぽいマッサージと勘違いする男性患者がいるとか、無料なのをいいことに医師や看護師が終業後ちゃっかりサービスを受けにくるとか、うれしくない報告ばかり耳に入る。しかしリフレクソロジーはまだいいほうで、アロマテラピーや、オイルやハーブで調合する手づくりコスメはてんで相手にされず、それればかりか、どういうわけか新興宗教やニューエイジ集団と決めつけられ、迷惑がられることすらある。

「ねえ、今日さ、飲みいかない？　明日休みなんだし」

ビーフシチュウを食べ終え、皿を片づけるウエイトレスの手を見ながら私は言う。

「えー、いいけどー」

紙ナプキンで子どもみたいに口のまわりを拭き、ユミエは私をにらむ。

「なに、その、いいけどー、って」

「だってアヤちん長いんだもん、飲むの。ひとり暮らしになってから、とくに」

「長くない長くない、すぐ解放してあげるって。それにどうせユミエだって待ってる人いないじゃん」

「いないけど、肝臓がついていかないのよ。もう若くないんだから」

ランチセットのコーヒーが目の前に置かれる。

「あのね、さっき鹿野さんが買ってきた雑誌見てたら串焼き特集やっててね、恵比寿にいい感じの店があってさあ」

「いい感じも何も、あんたは酒の場で情緒を感じる心なんか持ってないじゃんか」

「やなこと言うわねー、おごらせるよ？」

向かいに座るユミエの肩を小突くために顔をあげると、店の窓に水滴がはりついているのが見えた。透明の水滴は絶え間なくガラスにはりついては流れ落ちていく。

「ああ、雨」私の目線の先を追ってユミエが言う。

「いいねえ、雨の日に女二人でしっぽり飲めるなんてさ」

間違ってない、と思った朝の気分を思い出しながら、私は明るい声を出してみる。

結局長い時間飲んでしまった。串焼き屋からバーに移動して飲み、渋谷まで移動してさらに飲み、そこでユミエと別れてタクシーで帰ってきたのだが、家に帰り着く前に軽く飲みたくて、駅前でタクシーを降り深夜四時までやっているバーに向かう。雨はいつのまにかあがっていた。

駅前から商店街を数メートル進んだところにあるバーは、この町に引っ越してきてすぐに通うようになった。まだ一カ月ほどしかたっていないが、従業員や常連客たちとは顔なじみになり、カウンターに座れば何も言わなくてもバーボンのロックが出てくる。カウンターの隅にいた常連客のひとり、おだっちが話しかけてきて、私たちは軽口をかわす。店でアルバイトをしている若い男の子を二人でからかって笑う。マスターに昔のロックを流せとせがむ。そうこうするうち、やはり常連客であるマキちゃんがあらわれて、話の輪に加わる。

じゃあまたね、またねアヤちゃん、気をつけて帰ってね、酔っぱらいたちと店の男の子たちの、威勢のいい声に送り出されて店を出る。向かいのカメラ屋にかかっているまるい時計は、三時十分過ぎを指している。それが現在の時刻なのか、写真現像の終わる時間なのか、わからないくらい酔っている。

ひとけのない路地を、鼻歌をうたいながら歩く。自然と笑いがこみあげてくる。なんだか得体の知れない至福感に包まれる。

「やっぱまちがってなんかなかったんだよ」ひとりごとを言っている。自分の声は、水のなかで出すように遠くで響く。「これでよかったんだ、っとに」電信柱に片手をついて、私はその場に唾を吐く。「あー、ほんっとによかったよ、あんなやついなくなってせいせいしたってもんだ」

向かいからひょこひょこ歩いてきた、やはり酔ったスーツの男が、すれ違いざま、「いい機嫌だねえ、おねえちゃん」と声をかけてくる。

「うっせえな、声かけてんじゃねえ、おねえちゃんてだれだ、おばさんて呼べ」

私は大声をまき散らし、よたよたと夜道を歩く。路地の先にアパートが見え、見えた、と思ったとたん、道ばたになんにもないのに私は転んでしまう。道路はもう乾いていた。尻餅をついたまま、上半身をのけぞらせ私は夜空を見上げる。群青《ぐんじょう》の空に雲が流れているのが見える。息を大きく吸いこむと、湿った夏のにおいがした。私は笑う。ぬふふ、という声が耳に届く。あたりはしんと静まりかえっている。

上野くんと酔っぱらって帰って、やっぱりこうして転んだことがあったなと唐突に思い出す。今と同じくらい泥酔して、夜更けの道路で、私たちはタンゴを踊る真似をして笑い転げていたのだ。前、うしろと体の向きを変えるとき、バランスを崩して転んでしまった。道路に腰をついたまま、私たちは顔を見合わせて笑い転げた。あの日の月は満月だったか三日月だったか、星は見えたか否か、あるいは季節はいつだったのか、そんなことが全部思い出せないのは、私が上野くんしか見ていなかったからだ。空を見上げることもなく、夜気に季節を嗅ぎ取ることもなく、ただ目の前の上野くんを見て、いつまでも笑い続けていたからだ。

上野晋《しん》とは、スポーツクラブで知り合った。下北沢にあるスポーツクラブで、癒《いや》しフェアといういかにもなネーミングのフェアがあり、その期間中、私たちは出張してリフレクソロジーを行っていた。上野晋は一日おきにスポーツクラブにやってきていて、帰り間際にリフレクソロジーのコーナーに顔を出し、何度か私が担当した。フェアの終了日には飲みにいこうと、会ってすぐに誘われていた。好みのタイプの男だったのでもちろん承諾していた。

上野晋は私よりひとつ年下の三十四歳で、私にはよくわからない事務所でよくわからない仕事をしていた。トースターを買ったら説明書がついてるよね？とそのとき彼は説明した。その説明書には絵がついていて、わかりやすい文章がのってるよね？つまりそういうことを専門にやる事務所らしかった。トースターの説明書なら理解できたが、情報機器、精密機械、工業製品などと言われると、とたんにわからなくなった。同様に、上野晋も足裏マッサージは理解できるもののアロマオイルと香水の違いになるととたんに頭がぼんやりしてくるようだった。が、そんなことがわからなくても、親しくなるのにさほど関係がなかった。

私たちは毎日のように会うようになり、週末はどちらかの部屋に泊まるようになり、そうなってから三カ月が過ぎたころにはもう、いっしょに暮らす算段をしていた。私と上野晋は、同じ種類のことを面倒に思う質《たち》だった。恋愛初期につきものの駆け引きに似た痴話喧嘩や、言葉のないところで相手の気分をさぐること、相手を待つこと、AかBかと迷うことなんかがとことん苦手で、おそらくその面倒くささの相似によって、いっしょに暮らすまでがものすごいスピードでうまくいった。

数年前まで、恋愛がうまく運ぶ条件は何かもっと色っぽいことだと信じていた。色っぽい、もしくは精神的な、あるいは神秘的なことだと。好きだという思いの強度とか、でこぼこのはまり具合だとか、相性とか、価値観とか類似性とか。何かを面倒だと思う、そんな現実的なことが恋愛を助長するなんて、それまで考えたことがなかった。

交際期間より、だからいっしょに暮らしはじめてからのほうが、私たちはより多く相手を知った。新発見の連続だった。上野晋が料理上手なのも健康オタクなのも意外だったし、子どもみたいなアイドルが好きなことも活字をいっさい読まないことも驚きだった。上野晋にしてみれば、私のCD棚に古いロックしかないことや、古ぼけたぬいぐるみを何体も持っていることは奇妙に感じられただろうし、ジャンクフードを朝ごはんにすることもテレビをつけたまま眠ることもはじめて知っただろう。そのなかのいくつかを私たちは譲歩したり変更したり、あるいはあたらしい習慣をつくりあげたりした。ジャンクな朝ごはんは体に悪いと上野晋が言うので、朝ごはんづくりは彼担当になった。彼の好きなアイドルの歌を私はカラオケでうたえるようになったし、彼は洋楽を聴きミステリ小説なら読むようになった。休日がいっしょのときは三キロほど離れた公園まで歩くのが習慣になり、半月に一度は映画館にいくようになり、月に一度は雑誌で見たレストランにいくようになった。

永福町ではじめた私たちの暮らしは、ドレッシングみたいなものだったと思うことがある。サラダ油に酢を入れて、ぐるぐるかき混ぜる。なかなか混じり合わない両者は、数秒でちゃんと融合しどろりと白濁したドレッシングになる。三十四、五年で培ってきたそれぞれの生活は、油と酢のようにくっきりと独立した何かで、両者を混ぜ合わせるにはそれ相応の気負いと行為が要る。専用泡立て器でぐるぐるかき混ぜる行為は、しかしたのしかった。譲歩も変更もたのしかった。

けれど白濁したドレッシングを放置すればまたすぐに分離してしまう。譲歩も変更も、あたらしい習慣も入りこむ余地のない何かを、私たちはそれぞれ相手のなかに見つけ出してしまう。新鮮で興味深い新発見の連続ののちに、さほどよろこばしくもなくどちらかというと厄介な新発見が、さらに発掘され続ける。だれかと暮らすとは、そういうことらしい。

これでよかったのか、間違っていたのか、自問自答を続ける私は、はたから見れば相当しょげかえっているらしく、ユミエやそのほかの友人たち、飲み屋の常連客がひっきりなしに男を紹介してくれる。そんなわけで、残業なく終わる日は、毎日どこかで見知らぬ男と飲んでいるようになった。

今日、神楽坂の居酒屋で向き合っているのは、坂口の後輩だ。大学時代からつきあいのある坂口芳裕は、現在映画の配給会社で働いており、私のサロンの女の子を紹介するのと引き替えに、社内で彼一押しの好青年を連れてきたのだった。言ってみれば三十五歳の伴侶無し男女が、手持ちのカードでひっそりと合コンをしようというわけだ。

「こいつは飲めるから、安心してよ遠藤」坂口は私の徳利に酒をついで言い、後輩を見る。「遠藤っておそろしいの。ちょっと酒乱入ってっけど、暴れ出したときのコツはね、とにかくそっとしておくこと。相手にしないこと。反論しないこと。目を合わせないこと」

「ちょっとー、やめてよそういうこと言うのー。本気にされちゃうよ」

「え、本気も何も事実じゃん。ね、渡部さん、あなたの上司、酔うとすごいでしょ？」

私の隣で渡部絵里花はくすくすと笑う。

「たしかに遠藤さんはお酒強いです。でも暴れたりとかは、ないですよー」

そう言う渡部絵里花の顔はもう赤く染まっている。

「つきあう男の条件は自分より飲める人だって、坂口さんに聞いたんすけど、ほんとっすか」

「うん、それで失敗してるから」

「なんつーか、昭和の親父像みたいっすよね」

「なんだ、それ、意味わかんねえぞ」

坂口に背をたたかれて笑う彼は、たしかに好青年である。坂口の言うとおり酒は強いのだろう、さっきからペースを変えず飲み続けているわりに態度も口調も顔色もまったくかわらない。好青年は通りかかった店のスタッフを呼び止め、冷酒のおかわりを頼み、赤い顔の渡部絵里花に烏龍茶にするか訊いている。酒が強い上やさしい男でもあるのだろう。笑い合う彼らから視線を外し、少し離れた席でしずかに酒を飲む年輩のカップルを見、壁に掛かった日本画を見、足元の畳の目をいじる。

ここ数週間で、どのくらいの男の人と会っただろう。いろんな人がいた。痩せた人。顔も体も四角い人。笑い声の大きな人。接点のまったくない人。通っていた高校が近所だった人。見栄えのいい人。服のセンスがひどい人。初対面の印象はみんなそこそこによくて、友人の友人だから価値観が大きく異なる人もいなかった。私がなぜ恋人と駄目になったかみんな薄々知っており、だから紹介される全員が、量はともかく酒を飲める男ばかりだった。

なのに私はかなしいくらいだれにも興味が持てないのだ。自分が向こうに気に入られたのか、嫌われたのか、そんなこともどうでもいいほど、相手に対して何も感じないのだった。

居酒屋を出、帰ると言う渡部絵里花を駅まで送り、私たちは三人でべつの店に飲みにいく。坂口は早々と酔っぱらい、「絵里花ちゃん、いい、いい」とそればかりくりかえし、私と後輩はそんな坂口を苦笑して眺め、最近見た映画や読んだ本や、そんな当たり障りのない話をして延々と飲み続ける。「ねえ、絵里花ちゃんは本当に気だてのいいよくできた子なんだよ」などと、いつの間にか私は、坂口の後輩に渡部絵里花を売りこんでいた。

どうして上野くんだったんだろう、と考えている。終電間際で坂口たちと別れ、最寄り駅にたどり着いて馴染みのバーで飲みなおした。常連客は今日はひとりもおらず、隅のテーブルでずいぶん若いグループが大声で何か話し合っているきりだ。最近続けざまに会う男たちと、上野くんは何ひとつ変わるところがないように思う。友人の幾人かは、紹介した人を指し「上野くんより全然いい」と言ったし、私もそう思った。何より彼らは私程度には酒が飲めるのだ。なのに、私と上野くんは恋をして、私と彼らのあいだには恋の生まれる気配すらない。神さまがいるとしたら、組み合わせかたが間違っていると指摘してやるのに。

「え、なんすか？」背後を通りかかったアルバイトの男の子が私に顔を近づけてくる。

「なんにも言ってないよ私」

「いや、神さまがどうとかって言ってましたよ」

指摘され、ひとりごとを言っていたことに気づき顔が赤くなる。

「うるさいなー、さっきたのんだおかわりまだじゃんよー」

「あーはいはい」アルバイトは笑って私の前の空のグラスに手をのばす。

上野くんとうまくいかなくなった直接の原因は、手っ取り早く言えば私の酒量と酒癖だった。

上野くんといっしょに暮らすまでの数カ月、デートのときの食事といえば居酒屋が多く、二軒三軒とはしごしたので、てっきり上野くんは酒好きなのだと思っていた。彼はほとんど酒が飲めないということを、いっしょに暮らしてからはじめて知った。最初のころは酒好きらしい私のために「無理をして」はしご酒をしていたらしい。はしご酒ののち数日は、ひどい下痢に悩まされていたのだそうだ。一方が酒好きで、一方が下戸である、これはしかしたいして問題になる話ではない。しばらくのあいだ、私たちは何ごともなく暮らしていた。食事にいって飲みたい気分のときに私は飲むし、上野くんは烏龍茶を頼む。店を出て飲み足りなければ私は家で好きなだけ酒を飲む。

いっしょに暮らして一年が過ぎたころ、酔っぱらった私に上野くんが言った。言いたくないけど、あなたの飲みかたはきたないね、と。声が大きくなる、同じことをしつこく何度もくりかえす、灰皿をひっくり返す、皿を割る、馬鹿笑いする、泣き出す、一番質が悪いのはからむことだ、延々といちゃもんつけてからみ続けてけろっと寝てしまう、あれは本当に嫌なものだよ。そう上野くんは言うのだった。

びっくりした。酒を飲んだときの私の百態は友人のあいだでは有名で、しかし友人たちがそれを目にするときは彼ら自身も酔っているから、泣こうがからもうが放っておかれるし、なあなあですんでしまう。たかが酒の席のことではないか。そういうゆるさが上野くんにまったくないことに私は驚いたのだ。酒が飲めないから、「酒の席」的発想がないのは当然にしても、しかし彼の非寛容さは意外だった。洗濯係を続けざまに押しつけても、コスメづくりのグッズでリビングを散らかしても、上野くんはいやな顔ひとつしない。けれど彼は、子どもじみた潔癖さで、泥酔女だけは許そうとしないのだ。

私たちはいくつか取り決めを行った。むろん私にとってけっして有利とはいえない取り決めではあったけれど、いくらなんでも酒より上野くんが大事だと思っていたし、そういう譲歩は好きな人と暮らすためには不可欠なのだと納得していた。

いっしょに飲み屋にいかない。家に酒類は置かない。これが論議の末私たちがうち立てたあたらしいルールだった。ルールをつくってでも、私たちはまだ、いっしょに平和に暮らしたいと願っていた。

しかし、そのルールは平和を守ったかというと、そうでもなかった。私には酒を飲まずに暮らすということがどうしてもできなかった。だから、ルールを守って、上野くん以外の人と外で飲む。家で飲めないから、外で泥酔して帰ってくる。いい気分でそのまま寝れば問題はないが、上野くんが何かちょっと気にさわることを言ったりすると、とたんに腹が立ってからんだり泣いたりわめいたりする。おんなじことだ。いや、以前よりもっとひどい結果になったのかもしれない。

それは私にとっても新発見ではあった。これほど酒と分かちがたく結ばれているとは思わなかった。酒を飲まずにはいられず、飲んだら泥酔せずにはいられず、泥酔したら身近な人間にちょっかい（上野くんに言わせれば執拗なからみ）を出さずにはいられない。上野くんと暮らして初めて知った、頑ななまでの酒との絆は、私にとっても驚きだったのだ。どちらかというとあまりよろこばしくないほうの。

私と上野くんの暮らしは、だんだん均衡を崩していくのだが、よく考えれば、その中心にあるのが「酒」というのがなんともばかばかしく思えた。「性の不一致」とか「身分違い」とか「思想の対立」とか「収入の格差」とか「愛の温度差」とか、そういうことではなくて、「酒」。友人に悩みを打ち明けても、奇妙なのろけをしているとしか理解してもらえない。

恋愛をスムーズに進ませたのがたがいの面倒くさがり気質によるものだと理解したとき、私はたいそう驚いたが、恋愛にひびを入れて粉々に砕こうとするものも、どうやらくだらない何ごとかなのだと気づいて、かなしいような、おかしいような気分だった。情けなさすぎて、笑いも泣きもしなかったけれど。

「なんか今日だれもこないね。マキちゃんも原くんもおだっちもこないね」マスターの出したバーボンをすすって私は言う。

「アヤちゃん、恋人捜してるならおだっちとつきあったらいいじゃない」マスターは言う。

「あーそれ、私も考えたんだけど、なんつーか、ときめかないんだよねえ」

「ときめきねえ……」マスターは笑い、煙草に火をつける。

「これ飲んだら私もかーえろっと」言って、私はグラスの中身をあおる。熱い液体が喉をすべりおちる。その感触が、涙が頰をつたうのに似ているとふと思う。泣いているんじゃないかと手の甲で頰をこするが、頰は濡れてはいなかった。

マスターとアルバイトたちに手をふり、私はアパートを目指す。空気はみっしりと湿っていて、夜なのに息苦しい。

上野くんと暮らして一年半が過ぎ、しかしあいかわらず酒問題は解決されず、次第に自分がどこかおかしいのではないかと思うようになった。ストレスやプレッシャー、日々の疲れを癒すために飲んでいると思ったことはないが、けれど気ままにアルバイト暮らしをしていた二十三歳のときより、友人とサロン経営をしている今のほうが確実にアルコールを必要としている。それはやはり不健全な、ゆがんだおかしいことなのではないかと思い、しかし次には、毎日気力と体力を総動員させているんだから酒くらい飲むのがふつうだろうと思い返し、問題は量なのだと違う側面から思い悩み、経営なんてどだい私には荷が重すぎるのだと基本的なことから疑った。

いっそ禁酒するか。あるいはカウンセリングに通うか。サロンをユミエに譲り渡して違う仕事をはじめてみるか。悩んで悩んで悩んだ挙げ句、禁酒もカウンセリングも職種替えもしなくていい方法がひらめいた。それはひとつしかなかった。

こんなふうに私を悩ませる上野くんってなんなんだろうと、私はじわじわと疑問を抱きはじめていた。そもそもの最初、私を居酒屋などに誘ったりせず、自分は酒と酒を飲む女が嫌いなのだと正直に告白していれば、私は間違っても上野くんを恋愛対象として見なかっただろう。飲めるふりなんかするから、こんな厄介なことになっているんじゃないか。

疑問を抱きはじめると、彼を心底軽蔑するまでにそう時間はかからなかった。酒の飲みかたがきたないだの、酔った姿がみっともないだの、家で泥酔しないでくれだの、いったい上野は何さまなのか。上野の家に私が居候しているならいざ知らず、彼に養ってもらっているわけでは決してないのだ。半分は自分の家でもある場所で、酒を飲もうが酔っぱらおうが私の自由ではないか。だいたい考えてみれば、諸悪の根源は酒を飲む私ではなくて酒を飲めない上野くんだ。三十歳を過ぎた大の男が下戸なのを棚に上げて、何えばっていやがるんだ。酒のおいしさもたのしさも知らず、鬱憤《うっぷん》晴らしの馬鹿騒ぎも知らず、酒場のあの平和な空気も知らない、つまらない男。それが最終的な私の上野くん像となった。

別れようと、だから私は迷いも躊躇《ちゅうちょ》もなく言った。それもまた酔っぱらいの戯言《ざれごと》だと思ったらしい上野くんは本気にはせず、迷惑そうな顔をしただけだった。その態度は私の不満に火をつけ、あくる日仕事を抜け出して不動産屋を訪れた私は、ほとんど衝動的にひとりで暮らす部屋を決めてしまった。

「本気だと思ってなかった」一週間後の引っ越しの際、何が起きているのかわからないという顔つきで上野くんはつぶやいた。

「私が何を言ってもあなたには酔っぱらいの戯言としか聞こえないもんね」引っ越し業者が荷物を次々と運び出していくなかで、せいいっぱいの嫌味を言った。

業者が引き上げ、部屋のなかから半分の荷物が消えると、上野くんはようやく事態を把握したみたいに硬い表情をし、そこに自嘲気味な笑みをはりつけて私を見ずに言った。

「酒のほうが大事だったってことだね」

そうじゃない、恋人と酒を天秤にかけるなんて馬鹿げた真似はしていない、私が耐えられないのはあなたの頑なさだ、酔った私をけっして受け入れようとしない不寛容だと、まじめに訂正しそうになり、やめた。その言葉もまた彼のせいいっぱいの嫌味だと気がついたから。

上野くんと別れてすぐは、毎日、友人やサロンの女の子たちを誘って、ものすごい勢いで飲み続けた。荒れてるなあ、と何人かが言っていた。荒れているのではなくて、本来の自分を謳歌しているのだと、言おうとして言わなかった。

いっしょに住んでいた部屋を出て一カ月がたち、幾人もの男の人に会ってもときめかずさらに数週間たち、好きなように暮らし好きなように酒を飲んで、それでもまだ、ふとした瞬間に私は考えてしまう。これでよかったのか、間違っていなかったのか。きっと、私は上野くんのことを軽蔑しながらもまだ好きなのだろう。

「十六歳だったらな」

しずまりかえった路地を歩きながら、ちいさくつぶやいてみる。黒い野良猫がゴミをあさっている。私の足音に体をこわばらせ、じっとこちらをにらんでいる。

十六歳で上野くんに出会っていたら、私はたぶん、自分が酒好きなどと知らないまま成長しただろう。二十歳でもいい。二十歳で上野くんと交際していたら、十九歳の上野くんとともに何かあたらしい趣味を見つけていたのではないか。スノーボードとか卓球とか、あるいは紙相撲とかでも。けれど私はすでに三十五歳で、自分でお金を稼いでいて、むかつくこともこらえることができ、理不尽なことも納得することを覚え、好きなことと嫌いなことがあり、がんばっているのだから好きなことを好き放題にやっていいのだという自負もあって――

「やっぱ神さまはタイミングとか組み合わせとかを間違えたらしいっすな」

私は言って、足元に転がっていた空き缶を大きく蹴り飛ばす。闇にのびる黒い道路に、からんからんと缶の転がる音が響きわたる。

パーティの開始は六時だったけれど、五時を過ぎて続々と人があらわれる。六時になる前に、私のちいさなアパートは人でぎゅうぎゅうになってしまう。何人かが台所を占領して料理をし、何人かは床に座って茶碗でワインを飲んでいる。ユミエがいてサロンの女の子たちがいて、学生時代の友人がいて、坂口がいて好青年の後輩がいて、バーでしか会ったことのないおだっちが友達づれでいて、煙草の煙に包まれた笑い声と話し声がちいさな部屋いっぱいに満ちている。台所の床には、信じがたい数の酒瓶が並んでいる。赤白ワインに日本酒、カバに紹興酒にシェリー、焼酎、古酒、ウイスキーにラム、ジンにマッコルリ、冷蔵庫に入りきらなかったビール。今日のパーティの決まりは、ひとり一本以上の酒を持ち寄ることなのだ。全部飲んでやるぞ、と、ちいさな部屋の白い壁によりかかり、プラスチックのコップでビールを飲みながら私は思う。

「イカとセロリの炒めものができましたよう」渡部絵里花が声をはりあげ、まるいテーブルに皿を置く。「蒸し鶏のサラダもできましたー、お箸とお皿ここにあるので勝手に食べてくださいねー」

「えーだれがつくったのー、私食べる、私家主なんだから最初に食べる権利あるんだから」

　私は言いながら立ち上がり、すでに足がふらついていることを自覚しつつ床に座る人々をよけて歩く。だれかの背を蹴っ飛ばし、だれかの飲みかけのワインを蹴ってこぼしてしまう。けれど何も気にならない。私の飲みかたがきたないと、私の家ではだれも言わない。

「あーもうっ、アヤちん痛えよっ」

「この酒乱、灰皿はひっくり返すなよ」

　テーブルにたどり着いた私はそこに並んだ料理を小皿にとって口にする。

「うーん、おいひいー、ねえユミエ、私しあわせだわ。今日はみなさん、すべての酒瓶が空くまで帰しませんよ。覚悟なさってね」

　部屋のそこここから歓声やブーイングの声があがり、私はテーブルのわきに立ち尽くしたまま、部屋のなかを見まわす。

「ねえ、ユミエ、私はたいそうなしあわせものだすよ」
「何度も言わなくたっていいって。こんだけ酒があればしあわせでしょうよ、あんたは」
「男がいなくても？」
「男より酒をとった人が何言ってんの」
「まーたー、ユミエまでそんなこと言って。そうじゃないの、男より酒をとったってい
うと微妙に語弊があるんだけどな」
「ま、どっちだっていいじゃないそんなこと。酒がある。アヤちんはしあわせ。それで
充分じゃないの。古酒開けるけど飲む人ー？」
　ユミエが叫び、古酒の重たい瓶がまわされる。私の狭い部屋のそこここで、知らない
もの同士がうち解けてしゃべり、数人がからまりあって馬鹿笑いし、見覚えのないだれ
かの連れがCDをかえ、その合間を、古酒やワインの瓶がぐるぐるまわる。遠藤、おれ
にサラダとってよ、とたちこめる煙のなかから声をかけられ、いやだね、自分でとりに
きな、なんて笑って答える。だれかが部屋の窓を開け、初夏にしては冷たい空気がすっ
と部屋に流れこみ、その瞬間、私は自分にとって何かとても重要なことを考えかける。
あ、と思わず声を出す。
「蟹爪のコロッケができましたー」
　耳のすぐ近くで声がして、私は思いきりふりかえる。真後ろにいた渡部絵里花とぶつ

かってしまい、彼女は手にしていた皿を落とし、何人かが悲鳴をあげる。

「何やってんのーっ、アヤちんはもうーっ、それじゃただのよいよいのおやじだよ？」

「どうしようごめんなさい、もう食べられませんねこれ」

「平気、食える食える、おれもーらいっと」

「あー、私も食べるー、へいきだよ、床きれいだし」

「うわー、あんたたちまるで餓鬼ねー、床のものを拾って食べるその様子」

重ね合うように響く騒々しい会話のなか、私の考えかけた重要な何かは、季節はずれの蝶みたいに、あとかたもなく姿を消してしまう。その残骸だけが正体不明のまま、私の頭の片隅にこびりついている。その空白を感じながら私はさらに大声を出す。

「蟹爪にはやっぱ紹興酒でしょ？　紹興酒、それ、家主についでー」

台所で飲んでいる友人の前にプラスチックカップを突き出し、古酒の残りと混ざった紹興酒を一気に飲み干す。おお、すげえという歓声が、どこか遠くから運ばれてきたように聞こえ、私はもう一度部屋を見渡す。いくつもの笑う顔のなかに上野晋のそれはなく、酔った頭はそのことについて何か考えるのがすでに億劫《おつくう》になっていて、私はただ、笑う。だれかが空のカップに紹興酒をついでくれるのを見て笑い、おだっちが床の油染みを拭いているのを見て笑い、坂口の後輩の好青年と渡部絵里花がぴったり寄り添って話しているのを見て笑い、それからさらに、笑うべきものを捜して部屋じゅうに視線を這わせる。

旅路

歩きはじめて十分もたたないうちに、早川吉男も桑原依子もそうしたことを後悔していた。けれど二人とも、それぞれべつの理由でその後悔を口にせず、その道程が興奮に満ちた期待どおりのものであるふうを装っていた。

吉男は、流しのタクシーを極度におそれて歩こうと言ったことを後悔していた。フロントガラスに貼ってある認定証をちゃんと見れば、こんな街灯もない暗い道を歩かずともすんだのだと思った。しかしそれは元をただせば依子が悪いのだ。阿呆な観光客まるだしで愛想をばらまき、だれにでもついていこうとするから、初日からずっとぼられ続けている。昨日、ガダラデニヤ寺院を訪れたときもそうだった。ひとりの少年がついてきて、頼んでもいないのにガイドをしやがる。そのガイドだって、下手な英語でだれでも知っているようなことを並べる程度。ガイドブックのほうがよほど詳しく書かれている。案の定、遺跡を一巡りしたところで少年はガイド料として五百ルピーよこせと言ってきた。吉男は頑として断ったが、定石どおり物陰から数人の強面《こわもて》が出てきた。ひとりは鉈《なた》に似たナイフまで持っていやがった。内心びびっているはずの依子は、愛想よく言われたとおりの金額を差し出した。そのことについて、帰り道吉男が文句を言うと、これ見よがしに依子はため息をついた。そして言った。「よしりんって本当にケチなのね。五百ルピーって日本円に換算したら千円にもならないじゃない。それくらいの金額でがたがた言うのはやめてくれる？　なんだかがっかりしちゃうわ」と。

　異国の物価をいちいち日本円に換算するのはばかげていると吉男は思う。しかしケチだと言われて腹がたった。中心街のレストランで食事をしたあと、だから歩こうと言ったのだった。タクシーは確実にぼるのだろうし、断ったらどこに連れていかれるかわからない。金を余分に払いたくなかったし、こわい思いもしたくなかった。ホテル以外でタクシーに乗るのは甚《はなは》だ危険だ、このあいだも外国人が山中に連れていかれて身ぐるみはがれたあと射殺されたらしい。そんな法螺《ほら》までふいて依子に徒歩を強要したことを吉男は後悔していた。

　依子の後悔は、吉男のケチっぷりに屈服したことだった。タクシー代はあたしが出すと言ってやればよかった、実際日本円に換算して千円程度の金なのだ、出したって全然かまわなかったと思った。千円程度の金を払うのがいやで、タクシー強盗の話などしてみせる吉男は、依子には性格異常者にすら思えた。金を失うことの、いったい何をおそれているのかが依子にはわからない。旅行にきたら金をつかうのは当たり前のことなのに。ホテルにじっと閉じこもってテレビを見ていれば満足だというのだろうか。いったい何がどうしたのか、飛行機がバンダーラナーヤカ空港に着いてから吉男の人格は一変してしまった。そう依子は思っていた。ホテルまでタクシーに乗ろうという依子の提案を突っぱね、地元の人で信じがたく混雑した乗り合いバスに乗ったところから何かおかしいと思っていた。結局間違ったところでバスを降り、それでもタクシーには乗らず暑いなかをさまよってホテルを捜した。たどり着くのに三時間弱かかった。ディパックは依子の肩に食いこみ、赤い跡がしっかり残った。

あのバス事件はこの旅のすべてを象徴していると依子は思う。貧乏くさくてたまらない。吉男がこれほど吝嗇《りんしょく》だとは思わなかった。いや、ひょっとしたら金をけちっているのではないかもしれない。あたしより優位に立ちたいだけなのかもしれないと、夜道を黙々と歩きながら依子はひっそり考える。あんな人が鈴なりのバスになんか乗れない、タクシーでいこう、と空港で依子が言ったとき、馬鹿だなと吉男は言った。この国のタクシー事情を知らないのかよ。キャンディアンなんて言ったら高級ホテルに泊まる客だってすぐばれる。ぼられるならまだしも、知らないところに連れていかれてカツアゲされたらどうすんだ、吉男はしたり顔で言った。あれは単に、おまえが知らないことをおれは知っていると言いたいだけだったのではないか。

土産物屋とレストランの明かりがはじけ合う繁華街を抜けると、すとんと暗くなる。数十メートルごとに街灯があるにはあるが、ほとんどの電灯が壊れていて用をなしていない。右手には雑草がのび放題の空き地があり、夜気を放出しているような暗い森に続いている。左手には崩れかけたような建物が続いているが、人の気配がまったくしない。ときおり、並んで歩く吉男と依子のわきを、オートバイが轟音を響かせて通りすぎていく。暗闇のなかでどうして異国人だとわかるのか、執拗にクラクションを鳴らしていくオートバイもあった。クラクションが鳴らされるたび、吉男と依子は縮み上がった。吉男は依子に気づかれないようこっそりと縮み上がり、依子は吉男にあてつけるように大げさに縮み上がってみせた。

遠くにいくつか明かりが見える。ホテルはあのあたりだろうか。もしあれがホテルではなかったら――まったく方向違いの道を歩いていたら――あの暗い建物から物取りが飛び出してきたら――森の奥に連れこまれて乱暴されたら――吉男と依子はまったく同じことを考えていたが、どちらも口に出さなかったので、相手ともや同じ気分でいるとは思いもしなかった。

「なんか明かりがある」

ゆるいカーブを曲がると、道路脇に橙色の明かりがあった。心底ほっとした吉男は言った。

「ホテルではないみたいだけど」

嫌みったらしく聞こえるように依子は言う。どのくらい歩いたのか、時計を見るともう三十分以上歩いている。初日もそうだったが、吉男は男女の体力差をまったく考えていない。何時間でも歩きまわって吉男は平気かもしれないが、女にはきついとどうしてわからないんだろう。生理が近いと説明もしておいたのに。無言で歩くうち、暗闇にぽつんと灯った橙の明かりは次第に近づいてくる。

「ああ、なんだ、屋台か」吉男はがっかりしてつぶやいた。しかし何ならがっかりしなかったのか、自分でもよくわからなかった。すると依子が、

「なんだと思ったの？　あんなの裸電球だって遠くからでもわかるじゃない。ホテルなわけないじゃない」

心の内を読んだようなことを言って吉男を苛立たせる。さらに依子はつけくわえた。

「ねえ、歩きづめで疲れちゃった。あの屋台でビールかなんか飲んでかない？」

冗談じゃない、と言いかけ、吉男は言葉を飲みこんだ。依子が自分を試していることがわかったからだ。依子は本気でビールなど飲みたいわけではないだろう。自分がビール代を惜しむかどうか、屋台でぼられることをおそれるかどうか、試しているだけなのだ。

「おお、いいね」それで吉男はできるだけ弾んだ声で言った。実際は、得体の知れない

屋台になど入りたくなかった。また鉈を持った強面が出てくるかもしれない。トラブルに巻きこまれるかもしれない。それにビールなど飲みたくなかった。ねっとりとまとわりつく熱気にうんざりしていたし、歩き続けて疲れ果てており、いち早くベッドに横たわりたかった。「ビールがあればの話だけどな。だいたいなんの屋台なんだ？」吉男は言って、小走りに屋台に近づきすらした。ぺたぺたと、サンダルの音を響かせて依子があとをついてくる。ほら見ろ、と吉男は思う。自分はこわいくせに。夜道に置いてきぼりにされるのがこわくて必死についてきやがる。わざと足を早めながら、吉男は屋台で何が起きてもいいやというような気分になった。依子に恐怖を味わわせてやりたかった。ビール飲もうなどと人を試すように言ったことを、心底後悔させてやりたかった。

屋台では揚げたサモサのようなものを売っていた。肌の黒い、人相の悪い男がひとりで黙々と生地を油に落としている。屋台の前に、ジュースの入っているようなプラスチックケースがテーブル代わりに三つ置かれており、そのまわりに、風呂椅子に似たプラスチックのちいさな椅子がばらばらに放置されている。客はだれもいない。いったいなぜ人の通らないこんな夜道でサモサ屋があるのか吉男にはわからない。というよりも、この国で行われているいっさいが吉男にはよくわからない。なぜレストランにはカレーしかないのか。なぜ中心街の要所要所に銃を腰に差した軍隊がいるのか。なぜ観光地には裸足の物売りと偽《にせ》ガイドがいるのか。なぜ公共バスはあんなに人を詰め込むのか。なぜ朽ちかけた建物を放置しておくのか。なぜ皮膚病の野良犬をうろうろさせたままにしておくのか。なんにもわからない。なんにもわからないその真ん中を、吉男と依子はうろついている。この国のシステムがわからないのは当然ではあるが、しかし隣にいる依子が今吉男にはもっともわからなくなっていた。

「こんばんは、ビールありますか」

依子は明るい声で屋台の主に声をかけている。英語が通じないらしく、人相の悪い男はじっと依子を見据えている。依子は物怖じせず、ビール、えーと、ビーラ、ビーラと覚えたばかりのこの国の言葉を発音している。なにやら妙に楽しげなその姿が吉男を苛つかせる。

「ビールなんかないんだよ。売ってるのはサモサだろ、見りゃわかるじゃん。帰ろうぜ」

肩に触れた吉男の手を払い、ビーラ、ビーラ、とイントネーションをかえて依子は言い続けている。ようやく伝わったらしい。ビーラ！　男は叫んで小刻みにうなずき、かたわらに置いてある発泡スチロールの箱から瓶ビールを二本取り出して、にっと笑った。裸電球の下で、男の歯は不自然なくらい白い。

「あったじゃない。よしりん、ひょっとしてなんかこわいの？　こわがることなんかなんにもないじゃない。さっ、ビール飲んで休憩しよ。ホテルまでだいぶ歩かなきゃなんないんだから」

吉男をあざけるように鼻で笑うと、ビールを受け取り依子はプラスチックの椅子に腰掛けた。瓶に口をつけ、首を大きく傾けてビールを飲む。

「あーおいしい、よしりんも飲んだら？　ねえ、何をこわがってるの？　おじさん、いい人じゃない」

吉男は依子を無視して、このビールは一本いくらなのかと屋台の主に尋ねた。男は指を一本たてる。ぼっているようには思えなかった。吉男は依子から少し離れた席に座り、夜空を見ながら飲みたくもないビールを飲んだ。粉々に砕いたガラス破片をばらまいたような空だった。星、すげえね、と、東京のアパートでなら依子に言っていただろうと吉男は思った。はーあ。わざとらしい依子のため息がすぐ近くで聞こえる。

それぞれ皿を持ち、吉男と依子はバイキング形式のレストラン内を歩きまわる。吉男は魚のカレーと野菜のピクルス、それに果物を選んで席に着いた。戻ってきて向かいの席に座る依子の皿には、デニッシュとトースト、形の整ったオムレツがのっている。ホテルの一階にあるレストランには、数人の客しかいない。ドイツ人らしい夫婦と、アメリカ人らしい若者数人、商談できているらしい地元のビジネスマン。それだけだ。

「うわ、朝からカレー？」

昨日も訊いた同じことを依子は吉男に訊く。

「うまいんだよ、ここのカレー」吉男は前の日と同じことを言った。

「オムレッ、作ってもらったら？　べつにこわくないよ、オムレツ、って言えばいいだけだもん」依子はふりかえり、隅に立つ卵料理人を指さす。

「っていうか、卵食いたくないし」吉男は言ってカレーを食べはじめた。こわくないよ、と依子に言われるたび、吉男はテーブルをひっくり返したいような腹立ちを味わう。なぜ自分のことを臆病者だと決めつけて、馬鹿にしてかかるのか。ケチと思われるより、そっちのほうが数倍腹がたった。

コーヒーか、紅茶か、白い制服を着たウエイターが両手にポットを持ってテーブルのわきに立って訊く。コーヒー、と依子は言い、紅茶、と吉男は言った。

「コーヒーなんてよく飲むな、この国は紅茶が有名なんだぜ」

「私朝はコーヒーなの。どこにいってもそう決めてるの」先ほど吉男に苛立ちを感じさせたと気づかない依子は、自分もまた苛立ちを抑えて答えた。

「今日は移動日だね」デニッシュのクリームを口の端につけた依子が言う。

「食べ終わったら荷物まとめて、十時前に出ればいいんじゃない」吉男は言った。また何か突っかかってくるかと思ったが、

「そうね、そうしよう」依子は素直にうなずいた。

朝食を食べ終えて部屋に戻り、二人は無言で荷造りをした。今日は十時二十分キャンディ発の列車に乗って、遺跡の町、アヌラーダプラに向かうことになっている。昨日まで、いやついさっきまで、つもりにつもった不快な気分が、その遺跡の町で一掃されるのではないかと二人はそれぞれ期待していた。吉男は、岩肌をくりぬいて作られたという寺院にいくことを楽しみにしていたし、依子はガイドブックで見た壁画を実際に目で見ることを心待ちにしていた。ひっきりなしに客引きが声をかけてくる。埃《ほこり》っぽくて暑くて町じゅうにスパイスのにおいが漂った、この胸くそ悪い町を出たら、旅は好転するに違いないと二人は思っていた。そして、できるだけ寛容になろうと決意していた。相手の揚げ足をとったり、嫌味や皮肉を言ったり、馬鹿にしたような発言をするのはもうやめよう、と。東京のアパートにいるときみたいに、まず相手の希望を慮《おもんぱか》って、やさしい気持ちで接しようと。

鉄道駅に向かうあいだ、吉男と依子は陽気だった。まだ午前中だというのに、ぎらぎらと肌を刺す強い陽射しも気にならなかった。肌の黒いこの町の男たちが、二人をじろじろ見ながら通りすぎていく。カレーパンを揚げる屋台が出ている。男たちが輪を描いてカレーパンをむさぼり食っている。

「アヌラーダプラは緑が多いのよね」

「だからここよりは過ごしやすいと思うんだ」

「今日、着いたらさっそく遺跡めぐりをはじめようね」

「宿がすぐ見つかればいいんだけど」

それを聞き、だから日本でホテルを予約すればよかったじゃない、と依子は言いかけ、あわてて言葉を飲みこんだ。かわりに、

「あたし、ホテルをあらかじめ予約してある旅行しかしたことないから、この先どこに泊まるかわからないなんて、なんだかものすごいどきどきする。旅っぽい感じ」

そう言って笑った。ホテルを予約してある予定調和の旅なんか旅とは言えないよ、と吉男は言いそうになり、やはりそうは言わず、

「ヨリちゃんは金持ちだからな。おれだって昔、金があったら、そういう豪華旅行をしてたさ」

と言った。

「でも昨日までのホテルはリッチだったね。日本で予約しておいてよかった」

「四ツ星ホテルなんておれ、はじめてだったよ。着いたときは緊張しちゃったな。でも、ああいう近代的ホテルもいいけど、十七世紀のコロニアル風ホテルがやっぱり旅情があっていいと思うんだよな」

「アヌラーダプラにはそういうホテル、あるの」

「あると思うよ。一泊二十ドルくらいなんだぜ」

また貧乏くさいことを言い出した……心のなかで依子は舌打ちをしたが、「楽しみだな、コロニアルホテル」と言って笑顔を作った。すでに後半にさしかかった旅を、楽しいものにしたい一心だった。

鉄道駅が見えてきた。埃混じりの朝の光は、鉄道駅周辺を黄色く照らし出している。キオスクのようなちいさな店がたくさんロータリーに並んでいる。それらを通りすぎ、吉男は改札口に依子を待たせて二人ぶんの切符を買ってきた。

狭いホームは人でごった返していた。家族連れやグループ連ればかりで、みな荷物がばかでかい。段ボールをいくつもわきに置いている人もいれば、布団が入っているかのような包みに腰掛けている子どももいる。

「ねえ、切符って指定席？」不安になって依子は訊いた。

「いや、自由席だけど」デイパックを足元におろし吉男は答える。

「指定席のほうがよくない？　だってこの人たち、みんな同じ電車でしょ？　座れないんじゃないかな」

「平気だよ、三時間だもん、立ってればいいじゃん。それに、自由席のほうが地元の人たちと仲良くなれるチャンスがあるんだよ」

しれっとした顔で答える吉男に、依子は一瞬はげしい憎悪を感じた。何をぬかしくさってるんだこの男は。指定と自由の差額をケチっただけのくせに。それに、地元民と仲良くなってどうするっていうんだ。

「よしりん、切符貸して」依子は吉男にてのひらを突きつけた。

「え、なんで」

「指定席に変えてくる」

「いいってそんなの、自由席のほうが断然おもしろいんだから」

「あたしが払うから！」依子は吉男を遮《さえぎ》って怒鳴った。近くにいた若い男たちが、二人をふりかえる。物珍しげに眺めまわしている。「差額、あなたのぶんもあたしが払うから！　それでいいでしょう？　貸して、早く、切符！」

あまりの剣幕に負けて、吉男は切符を依子に手渡した。ボール紙みたいな切符を握りしめ、依子は改札口に向けて走り出す。陽にさらされたうしろ姿を吉男は呆然と見送り、ちっ、と顔をしかめ舌打ちをした。

まったくなんにもわかっていない。自由席なら、乗り合わせた地元の人たちがお茶やお菓子をわけてくれて、みんなで歌をうたいあったりして、ひょっとしたらアヌラーダプラに帰省する人がいて、仲良くなって自宅に招いてくれたりするかもしれないのに。旅行者が書く紀行文に出てくるような、そういう旅を吉男はしたかったのだった。しょうがないか。胸の内で吐き捨てるように吉男は思った。あの女は知らないんだから、旅がなんたるかを、旅の醍醐味を。なんたって社員旅行でいったギリシャ四泊六日しか経験がない女なんだから。何かっていうとその四泊六日を持ち出して、「あたしのときは」「こういう場合はふつうこうだ」と言い募るけれど、無知なんだから仕方ない。あと一週間のあいだに、なんとか旅の本当のおもしろさを、教えてあげられるといいんだけど。まだこちらを眺めている男たちと目が合い、吉男はにっと笑って見せた。男たちはぱっと顔を輝かせ、空手のまねごとをしてみせる。ほらほら、これが交流だよ。吉男は得意げな気分で思いながら、彼らのおどけた仕草に、腹を抱えて笑ってみせた。

自由席と指定席の違いは、日本円にしてたった三百円だった。「今日は混んでますよ」と、窓口で駅員は依子に言った。指定席券を握りしめ、依子は無人の改札を通りすぎホームに向かう。あと一週間、吉男はずっとあの調子なのだろうか。最後までこんな貧乏くさい旅行しかできないのか。何も大名旅行がしたいわけじゃない、けれど宿は二十ドル、電車は自由席なんて、あたしのことをあまりにも馬鹿にしていないか。あたしはそんなお安い女じゃない。きちんとしたホテル、快適な電車をあてがわれて当然なのだ。遠くに立っている吉男を見、依子は長いため息をついた。しょうがないか。あの馬鹿男は貧乏な上、なんにも知らないんだから。依子は思う。なんでも知っているふうを装っているが、吉男が海外旅行をしたのは卒業旅行でネパールにいった一回きり、それも金がなくてほとんど野宿同然の旅らしかった。同じホテルでも、あらかじめ予約したほうがいい部屋をあてがわれることや、荷物はポーターが運んでくれることや、少しお金を出せば快適さが得られることなんか、なんにも知らない貧乏人なんだから。お金を使いたくないのならじっと家に閉じこもっているしかないじゃないか。せっかく異国にきたのだからいい思い出がほしいし、無用な疲労は背負いこみたくない、惨めったらしい気分も味わいたくない。そういうことをあと一週間でどうやってわからせよう？　考えているあいだに依子は吉男のもとにたどり着き、それと同時に、十分遅れた電車がすべりこんできた。

あ、と思う間もなく、ホームにいた人々は出入り口に殺到する。並ぶという概念などまるで持ち合わせていないらしく、我先にと電車に乗りこみ、出入り口付近に円を描いた人々は押し合いへし合いしている。

「早く乗ろうぜ」吉男は依子の手をとって、人の群に混じろうとする。吉男の手をふりほどいて依子は言った。

「待って。座席番号を確かめるから。えーと、二号車よ、二号車はどっちかな？」

依子は止まっている車両の番号を確かめようとするが、どこに記してあるのかわからない。

「とりあえず乗って、それから移動すればいいだろう。早くいかないと発車しちまう」

吉男はいらいらと言った。吉男の言葉どおり、ぼうー、と古くさい汽笛が聞こえる。二人は言い合いを中断し、群がった人々に混じって無我夢中で入り口に体をすべりこませた。

走り出した電車は、尋常ではない混みようだった。だいたい、乗りこんだ連結器の部分に人が鈴なりになっていて、車両に進むことができそうもない。荷物と人は折り重なって詰めこまれている。吉男のデイパックにいやというほど顔を押しあてられた依子は、顔を離そうとするがそれすらもかなわない。吉男は吉男で、右足が宙に浮いたままになっている。それでも人と人に挟まれて、転倒する気配もなかった。人をかき分け、ときおりだれかの足や荷物を踏んづけ、吉男はじりじりと先に進む。デイパックに顔を押しあてたまま、依子も後に続いた。

客車に入ればまだましかと思ったが、そこもさらに混んでいた。三人掛けで向き合った座席には、五人も六人も腰掛けている。座席のあいだのスペースにも、積み上げられたジャガ芋みたいに折り重なって人が座っている。通路も人でぴっちり詰まっていた。車内の温度は早くも上昇し、気分が悪くなるほど暑い。天井で埃だらけの扇風機が、気だるくまわっている。何人かが窓を開け放ったが、埃の混じった熱風が入ってくるだけだった。

「ほら、指定席買っておいてよかったでしょ。ねえ、なんとかこの座席までいこう」

依子は声をはりあげる。どこかで赤ん坊が泣きはじめた。

「でも、二号車ってどっちだよ」

「たぶんこの先よ。これをまっすぐ進めば、きっとたどり着くわよ」

依子は言いながら吉男をぐいぐいと押した。自由席で充分だと思っていた吉男も、さすがに混雑に辟易《へきえき》とし、押されるままじりじりと歩を進めた。ソーリ、ソーリィ！　と声を掛けると、人々は物珍しげに吉男を眺めまわしたあと、ほんの数センチ隙間を開けてくれた。

途中、制服を着た乗務員に出くわし、吉男は二号車の場所を訊いた。依子の推測は正しく、彼らの進む先に二号車はあると乗務員は告げた。人の合間を泳ぐようにして、吉男と依子は乗務員とすれ違い、少しずつ、少しずつ前進した。車両の隅にあるトイレは戸が開け放たれ、驚いたことにトイレのなかまで人が詰まっていた。汚水でびしょびしょの床に、赤ん坊を抱いた女や老人が座りこみ、男たちが満員のエレベータのように身を寄せ合って立っていた。

二号車にたどり着くまで、何時間もかかったように思われた。二人とも汗だくで、髪は乱れ、依子の化粧はどろどろに落ちていた。朝方食べたカレーやデニッシュが、喉元までせり上げてきそうなほど気分が悪い。それほどの思いをしてたどり着いた指定座席には、しかし家族連れが座っていた。赤ん坊から老人まで、九人が向かい合わせの座席に座り、あいだの床は段ボール箱が積み上げられ、段ボール箱に小学生くらいの子どもたちが八人座っていた。

「そこ、あたしたちの席なんです」依子は切符をふりまわし、家族連れの父親らしき人に英語で訴える。けれど、父親はきょとんとするだけで、家族連れが動く気配はない。「どいてください。あたしたちの席なんですってば」依子はしまいには日本語で叫び出す。「あなたたちの切符を見せて！　あたしたちのはここの席なんですよ！」

切符をふりまわして叫ぶ依子を、吉男はみっともないとこっそり思った。無理だよ、とささやいてみたが、依子は無視して座席を替われとわめいている。そのとき、人混みのなかから流ちょうな英語が聞こえてきた。

「あんた、この混雑が見えないのか。こんな混雑のなかで席を替われるはずがない。静かにしてくれないか」

重なり合う人混みのなかで、忌々《いまいま》しそうに吉男と依子を見ている男がそう言っているのだった。

「でも！」依子は少し先に突き出た頭に向かってなおも反論するが、

「混んでるんだからしかたがない。それくらいわかるだろう」

男は怒鳴るように言った。依子は口を閉ざし、助けを求めるように吉男を見る。

「しかたないよ、この人たち、まじで立ち上がることもできそうにないじゃないか」

吉男は言った。瞬間、吉男に向けた依子の顔つきが、軽蔑と憎悪の混じり合ったものに変化するのを吉男は見て取った。

「だから言ったんだよ、自由席で充分だって。こういうところでは指定なんか買ったって無駄なんだ。きみは知らないだろうけど」

吉男は依子の表情に負けまいとしてつい言った。

「なんなのそれ？　たった六百円が惜しいって言うの？　ばっかじゃないの、ああ、いやになる。だいたい最初から指定席を買っていれば、二号車の前で待ってられたのよ。一番に乗れて、座ることできたのよ」

依子はヒステリックにまくしたてる。段ボール箱に座った子どもたちが、吉男と依子の様子を見て目配せをしあい、笑い転げる。吉男と依子は口を閉ざした。

電車はがたがたと揺れながら走る。どこかで赤ん坊が泣きわめいている。依子は人に揉まれ斜めの姿勢で立っていた。背後の老人のカレーくさい鼻息が首筋にかかる。汗がしたたり落ち、顔も体もぬるぬるした。吉男の右足はまた宙に浮いていた。安定をよくするため着地点を捜すが、なかなか見つからない。背後の男は電車が揺れるたびその体重を吉男にかけ、ふりかえってにらみつけようとするが首がまわらない。熱気混じりの埃くさい風が、からかうように額を通過していく。埃だらけの扇風機はからからとまわる。人の頭の向こうにほんの少し見える窓からは、生い茂った緑が見えた。

窮屈な姿勢をとりながら、二人は無言のまま同じことを考えていた。東京での日々だ。不動産屋で働く依子が吉男に部屋を紹介したことで、二人は知り合い、その後つきあうようになった。依子は二十八歳で、吉男は二十九歳だった。今から五年前のことだ。一年交際したのち、二人はいっしょに暮らしはじめた。依子が見つけてきた部屋は、安い割に広く、日当たりも眺望もよかった。二人の暮らしは最初からうまくいった。それまで、いくつかの恋愛をしてきた二人は、この相性の良さは奇跡的だと思い、そのことについて話したりもした。

日々は軽やかにまわった。朝は毎日七時に起き、吉男がコーヒーをいれ、依子がトーストを焼き、窓の外に広がる町を見下ろし二人で食べた。いっしょにアパートを出、依子は不動産屋へ、吉男はコンピュータ会社へ向かう。夕食はいつも八時だった。帰りの時間をメールで確認しあい、早く帰ったほうが夕食を作った。二人とも遅いときは、駅で待ち合わせて気に入りの飲み屋に向かった。二人の休みが重なる日曜日、いっしょに暮らしはじめた当初は、動物園だの繁華街だの、足繁く出かけていたが、三年もたつとあまり出かけなくなった。ぐずぐずと寝坊し、ベッドのなかでならんでテレビを見、昼近くに起き出して昼食をとり、のんびりと掃除をしたり洗濯をしたりした。そういう休日を、吉男も依子も愛していた。夕方近くになって買いものにいくのがまた楽しかった。スーパーではなく、商店街をまわって、吟味した材料を買っていく。無農薬の野菜、専門店の鶏肉、テレビに取材されたことのあるパン屋のパン、ワインの豊富な酒屋。二人であれこれと言いながら買い、帰ってきて二人で夕食を作る。吉男は、依子とつきあうようになって料理を覚えた。料理がこんなに楽しく、ストレス発散に向いているものだということをはじめて知った。依子は、吉男とつきあうようになって、自分はこういうことが好きな女なのだと気づいた。こういうこと——ドライブしたりクラブで踊ったりするのではなくて、掃除したり洗濯したり商店街を歩いたりしているほうが、よほど自分に合っているのだと。

もちろん、喧嘩も数かぎりなくやった。たいていが阿呆らしいことだった。テレビに映る若い巨乳アイドルをほめすぎた吉男に腹をたて、依子が三日ほど口をきかなかったり、子どものころから集めていたプラモデルの類を、うっかり依子が捨ててしまって、吉男が一週間ほどリビングで寝起きしたりした。けれどももっとも深刻味を帯びた諍《いさか》いでさえ、その後二人の関係を強めるきっかけにしかならなかった。諍いをするたびに二人はおたがいの未知の面を知り、唖然としながらもそれを受け入れてきたのだった。

スリランカにいこう、と決めたのは去年の夏だ。半年以上も練った計画だったのだ。この旅行のために、吉男も依子も、去年は夏休みをもらわなかった。五年の交際、うち四年の同居を経て、そろそろマンネリ化してきた日常への、この旅行は何かのきっかけになるはずだと、吉男も依子も信じていた。将来のことをまじめに考えたり、あるいは互いが互いにとってかけがえのない存在であると確認したり、というような。

しかし皮肉なことに、はじめての二人の海外旅行はべつの意味のきっかけになるような予感を、今、吉男も依子も抱きはじめていた。

いやそんなことはない、と吉男はねじくれた格好のままその思いをうち消す。五年の歳月が、たった二週間かそこらの旅行で無になるはずがない。吉男は懸命に、アパートで動きまわる依子の姿を思い出す。大根のかつらむきを教えてくれる依子。自分の好みに合わせて焼き上がるよう、子どもみたいに真剣な顔でトースターをのぞきこむ依子。少しの酒で酔っぱらい、薄暗い路地で頰にキスをして笑い転げる依子。しかし、吉男が思い浮かべるどの依子も、さっき見せた軽蔑と嫌悪の入り交じった顔をしている。

そんなはずがない、と、熱気と人いきれでこみ上げる吐き気をおさえながら、依子も強くうち消していた。あたしはこの男を好きだし、いっしょにいてくつろげる相手は彼しかいない。何より彼はあたしのことを一番よくわかってくれている。わがままなところ、主観的な思考回路、ところどころぬけているところ、わかって、そして許してくれている。依子は思い出す。どうした、疲れた? 疲れたなら、今日はおれが料理するよ、とソファに寝そべる自分をのぞきこむ、いとしい吉男の顔を。やっぱり料理はヨリにはかなわないな、と恥ずかしそうに焦げたシチュウを差し出した吉男の笑顔を。あの吉男と、金をケチり、異国にびくびくし、そうしながら必死になって優位にたとうとし、あたしを見下そうとしている男は果たして同一人物なのか。

風に揺れるカーテン。部屋にたちこめるトーストとコーヒーのにおい。音量をおさえてかかった音楽に、好物のたくさん詰まった大型冷蔵庫。シーツを替えたばかりのベッドと、寝ながら見られる位置に置いた14インチのテレビ。人に押され、生ぬるい風に額をさらし、二人はまったく同じ光景を思い描いていた。けれど二人とも、かたく口を閉ざししかめ面でべつべつの方向を見ていたので、相手が自分と同じものを見ているとはまるで知らなかった。

だれかがトイレに入ったらしく、トイレのなかに詰めこまれていた人々がいったん車両に出てくる。ぎゅうぎゅう詰めの車両は、さらに混雑し、まるで一台の車両にどれだけ人が入れるかという挑戦をしているようである。人の肘や背で圧迫されて、呼吸するのも苦しいくらいだ。しかも車内の温度は想像を絶している。

だれかがトイレから出てきて、ふたたび数人がトイレにこもり、つい今し方よりは呼吸がしやすくなったものの、開け放たれたドアから流れ出てくる汚物のにおいが鼻をつく。

「くさい」依子は思わずつぶやいた。「くさいわ。たまらない。気持ちが悪い」

「しょうがないだろ。混んでるんだから」吉男は言った。

「なんだってこんなに混んでるの？」

「旧正月が近いんだ。みんな里帰りするんだよ。だから荷物が多いんだよ」

吉男の説明は、得意げな響きを持って依子の耳に届く。

「宿はとれるの？　お正月があるなら宿はフルなんじゃないの？　ああ、やっぱり日本から予約入れておけばよかった。そうしたらアヌラーダプラにだって、こんなしょぼい電車じゃなくて、タクシーか貸し切りバスで快適にいけたのに」

体を変な格好に曲げたまま、首をなんとか折り曲げて吉男を見、依子は言った。言わずにはいられなかった。

「悪いけど、あたしこんな思いさせられるの生まれてはじめて。なんでこんな思いをして旅行しなきゃいけないの？　お金払って、こんな窮屈な思いさせられるなんて馬鹿みたい」

二人のあいだで顔をしかめている浅黒い肌の男の向こうから、吉男は依子に声をかける。

「なあ、旅はハプニングだって言葉知らないのかよ、こういうことを楽しめないやつに、旅する資格なんてないよ。ネパールの乗り合いバスなんかもっとすごかったぞ」

右手を頭の上に、左手を人と人の隙間につっこみ、人に押されて頭の上までデイパックをずりあげ、Tシャツの襟がのびきっている吉男は、この期に及んでまだ自分を見下そうとしているらしい。依子は言い返せる言葉を捜した。なんでもいい、ひどいことを言ってこの小心で吝嗇の自信家を、言い負かしてやりたかった。なんの勝負に挑んでいるのか、依子にはわからなかったが。

「あいにくあたしはそういう貧乏旅行とは縁がないから。ギリシャでも、前つきあっていた人とよくいった国内旅行も、一流ホテルにしか泊まったことないの。移動は車だったし、食事はちゃんとしたレストランだったし。こういうの、慣れていないのよ、悪いんだけど」

「ああ、たいていの日本人は慣れてないだろうな、旗持ったガイドにくっついてって買いものばっかしてる阿呆な旅行者ばかりだものな。そういえば、ネパールでスイス人に言われたよ、あなたは日本人じゃないはずよ、だって日本人て首からカメラ下げて団体で歩いてる人たちでしょう、あなたは違うじゃない？　って」

吉男には、もはや自分が何を言っているか、何を言いたいのか、よくわかっていなかった。ただ、気取りすまして自分をうち負かそうとしている依子の、尊敬と敬意をいくらかでも得たかった。彼女が何を知っていて何を知らないのかを、彼女に確認させたかった。

「じゃああなたは楽しんでるわけ？　ぼられないかってびくびくして、現地の人と言葉を交わすのだっておびえてるじゃない。ケチるのとびくつくのがハプニング？　旅の醍醐味？」

「あのなあ、言われた金額をそのまま払う馬鹿がどこにいるんだよ？　知ってるか、どこの国でも日本人は高い金を要求されてるんだぞ、欧米人旅行者は同じ宿でも安いんだ。

おれはケチってるんじゃなくて、そういうふうに見くびられたくないんだよ」

言い合う吉男と依子を、周囲の客全員が見ていた。退屈そうに、あるいは興味を持って。依子と吉男は、不自然な格好に首をひねって互いの姿をじっと見た。珍妙なダンスの途中でストップモーションをかけられたような、両手をばらばらの方向に広げ、人に押されて上体を斜めにし、汗まみれで、髪をふり乱し、攻撃的な視線をぎらぎらさせている互いの姿は、ひどくみにくく、馬鹿げて見えた。依子は何かちいさくつぶやいて、あろうことか右目から水滴をぽとりと落とした。泣くか、ふつう、こんなところで。吉男は依子に投げつける言葉を胸の内でこねくりまわした。

デイパックをひっぱられ、吉男はとっさにスリだと思った。ふりむくのも難儀な混雑のなか、瞬間的な馬鹿力で首をまわし、ひっぱる主をぎょろぎょろと捜す。どうしたの、半べそ顔で依子が訊くが無視した。重なり合って立つ人と人の胴体の隙間から、日に焼けた細い腕が伸びて吉男のデイパックをつかんでいる。ふりはらおうとし、手の先にある顔が吉男を見て笑いかけているのに気づいた。

デイパックをひっぱっているのは、家族連れの座席と通路を挟んだ隣に座る青年だった。吉男を見て、自分が立つから、依子を座らせてやれとジェスチャーをしている。吉男は依子を見た。なんなの？　右目から涙を垂らし、うんざりしたような顔でつぶやく依子の顔色がだいぶ悪いことに吉男はようやく気がついた。

「この人が、席を譲ってくれるって」

吉男は言って、人と人の隙間に手を差し入れ、依子の腕をつかんでひっぱった。何人かが迷惑そうなしかめ面をしたが、吉男はかまわず依子を自分の近くに引き寄せて、中腰をあげた青年の座席に押しやった。抱き合うようにして二人はするりと位置を変え、すとんと依子は座席におさまった。席を譲った青年は混雑に身を投じ、吉男を見て照れくさそうに笑った。何が起こったのかわからない顔つきで青年を見上げていた依子は、ありがとう、とようやくちいさな声でつぶやいた。席を立ち不自由な格好で電車に揺られている青年を、吉男は強烈に羨ましく思った。憎しみかと思い違えるほどの、強烈な羨ましさだった。

席に座った依子は、たよりない子どものような顔で吉男を見上げる。

「よかったな、座れて」吉男は言った。嫌味に聞こえなければいいがと心のなかで思った。

「デイパック、あたし持つわ」依子は言ったが、けれどぎゅうぎゅう詰めの車内で、吉男はデイパックを下ろせそうもない。それに気づいた依子は、「三十分ごとに交代して座りましょう」と生真面目な顔で言った。

「いいよ、座ってろよ。次の駅に着いたら、きっともう少し空くだろうし」吉男は言った。席を譲った青年は窓のほうに目を向けている。彼の、日に焼けた額からこめかみに向けて汗が一粒流れ落ちる。次の停車駅にはあとどのくらいで着くのだろうと吉男は思った。背伸びをし、人の頭の向こうに流れる光景に目を凝らすと、相変わらず木々の緑がちかちか陽に反射している。生ぬるい風が吉男の頭頂部をなでさすっていく。次の停車駅までどのくらいかかるのか、吉男にも依子にもわかりようがなかった。

未来

近況報告会、という名目だったのに、会の主旨はさっきからずっと、別離推奨になっている。推奨というよりも、命令に近いようにも思う。一杯目のビールを飲み干すあたりから、みんな、私に「あんな男と別れたほうがいい」と、表現・語彙《ごい》・理論をかえつつもそれしか言わない。まあ、慣れてはいるけれど。

女癖が悪い、だから別れたほうがいい。というのが律子っちの主張。たしかに、ミネオは私との三年の交際のなかで三回浮気した。一年に一度の割合だ。現在はしていないと思うけれど本当のところはわからない。だって、隠そうと思えばそんなの、いくらでも隠すことができるのだ。コンピュータと携帯のメールをチェックするべきだと律子っちは言うけれど、私はなんとなくそういう行為が苦手だ。そんなことをしたら自分が下品な人間になる気がする。そんなこと言ってっから浮気されんだよう、とキヤマは言うが、それは本末転倒というものだ。メールチェックが上品な行為だと思い、進んでそれをしたところで、浮気は見つかるかもしれないがやめさせることはできないだろう。

職に対して真剣さがない、だから別れたほうがいい。というのはキヤマの主張。三十を過ぎて定職を持っていない、また持つ気もないのは男としてどうか、というのである。しかしこれはおかしいと私は思う。世のなかには、仕事に熱心なあまり家庭を顧みない夫を糾弾する妻が大勢いるではないか。現に私の母は、いつか熟年離婚をしてやると十数年前から言っている。私の父は電気会社に勤めていて、何がそんなに忙しいのか、私が子どものころは滅多に家にいなかった。昨年定年退職したが、現在は定年後の男を対象とした人材派遣会社から派遣されて貿易会社で働いている。今もって忙しい。母の言う「熟年」がいつのことなのか私にはよくわからないが、とにかく母は仕事に愛を持っていった父に消えない恨みを抱いている。

嘘つきだ、だから別れたほうがいいというのは鍋島くんの主張。それはわかる。ミネオは本当にどうしようもない嘘をつく。鍋島くんが仕事を紹介したときも、単に寝坊をして面接にいけなかっただけなのに、私が急病になって救急車を呼び同乗したからいけなかったなどと平気で言う。私と鍋島くんは友達だから、そんな嘘はすぐばれるのにもかかわらず。けれどたいていの人は嘘つきであると私は思う。私の以前の恋人は、結婚願望なんかまるでない、子どもなんかちっとも欲しくないと嘘をついていた。交際をはじめるやいなや、結婚しよう子どもが欲しい、結婚しよう子どもが欲しいとうるさいくらい言い出して私をげんなりさせた。それよりは、救急車のほうが上質の嘘に私には思われる。

なんかへらへらしててむかつく、だから別れたほうがいい。というのはコマちゃんの主張。私はこれが一番納得いく。たしかにミネオはへらへらしている。ときおり私だってミネオのへらへらぶりには苛つくし、ぶっ飛ばしたくなるときもある。しかし、それだけだ。その程度のものだ。

だいたいみんな何か勘違いしている、と思う。渡されたメニュウを広げ、げそ揚げ、はたはた、湯葉刺しを追加する。焼酎の緑茶割り、キヤマが声をあげ、あたしも、じゃあ面倒だからボトル入れちゃおう、律子っちが言い、水割りにするかお茶割りにするかで少し場はもめる。私は吸いたくもない煙草に火をつけて、煙を吐き出す。

みんなの勘違いというのは、いっしょに暮らしている相手を大好きのはずだ、という前提である。だから彼、彼女らは、ミネオの欠点を指摘し私の恋情を冷まそうとしている。けれど違うのだ。いっしょに暮らしているから相手のことを大好きでたまらないかと言えばそんなことはまったくなくて、大好きなのとおんなじくらい、いやひょっとしたら大好きよりほんのちょっと多めに大嫌いだったりする。私はミネオが大嫌いでもある。浮気をする、甲斐性がない、嘘をつく、そんなの全部、指摘されなくても大嫌いである。へらへらしているところなど、もっとも許し難い。ときおり、ほんのたまにだが、仕事を終え、でろでろに疲れてアパートへ帰るとき、ああミネオが死んでいてくれないかと思うときがあるくらいだ。ドアを開けたら、そこでくたばっていてくれないか。そうしたらどんなにすっきりするだろうかと。

「ともちゃんはね」運ばれてきたグラスに焼酎をそそぎ入れ、人数ぶんの水割りを作りながら真顔でコマちゃんが私を見る。「ともちゃんはね、自分のことを低く見過ぎてるんだよ。今あの馬鹿男と別れたらあとがないってどっかで思ってんのよ」グラスが手渡される。

「氷河期恐怖症だよね」私が灰皿に捨てた吸い殻の火を、ていねいに消して律子っちがつぶやく。

「何それえ」私は訊く。

「ほら、あんた三年か、恋人いなかった時期があったでしょ。二十七歳から三年間」

「よく覚えてるもんだねえ」私は素直に感心する。

「あの時期、荒れてたもんね。ああいうことになったらどうしようって思ってるからあんな馬鹿男でもしがみついていようとするわけでしょ」

「ちょっとそりゃ」ひどいんじゃないの、と言おうとした私を遮《さえぎ》り、

「そんな心配することないない、ともちゃんはいけてるよ。おれが言うんだから間違いないよ」

私をじっとのぞきこんで鍋島くんが言う。

「そうかなあ」

焼酎の水割りをすすって私はにやにやと笑う。

「そうだよ、ともちゃんは美人ってわけじゃないけどきちんとかわいいし」

「だいたい美人なんかもてないんだよ。ともちゃんは自分で気づいてないだけでそこそこもてるじゃない」

「え、私、もてるかなあ」

「もてるもてる。あのさあ、マキタとかハセぴょんとか、トモコさんいいなあって、彼氏いるんですかねえっておれに訊いてたもん」

「へええ、マキタとハセぴょんねえ」マキタは太っていて自分の話ばかりする男で、ハセぴょんは優等生がそのまま大人になったようなつまらない男で、どちらも好みではないどころか私ははっきりと嫌いだが、褒められたのがうれしくて私はさらに深くにやにやする。

「だからさあ、別れなよ、バカオ」

「バカオをさらにバカオにしてるのはともちゃんのせいでもあると思うよ」

「そうだよ、ずっと前馬場の店でよく会ったノウダくん、はっきり言ってただのヒモだったけど、あの彼女と別れたあと、年下の子とつきあいはじめたんだよね。そしたらさあ、ノウダちゃんと働きはじめて、アパート借りて、その年下の子の面倒みてるんだってよー、人ってそういうふうに変わるもんだからさあ」

「そうそう。世話焼いてやるからバカオはバカオのままで、さらにバカコとつきあえば、どんなバカオもしっかりするんだって」

みなせわしなく口を動かしながらテーブルの上で箸を行き来させる。げそ揚げも湯葉刺しもとうになくなっている。

「バカオバカオって、人の彼氏をさあ。ちゃんと名前で呼びなさいな」

私はまだにやにや笑いで言い、メニュウを広げる。

「あーあ、これだもんね、かばっちゃって」キヤマがため息をつく。

「ねえ、追加するならなんか米関係食べたい。炒飯とかあったっけ」

「じゃあ五目あんかけ焼きそばにしない？」

「いいねいいね、それにしよう、あと肉、肉食べたい」

「それにしても今日の勝負は渋かったね」

「ていうか、九時で切り上げるところが大人だよね」

「だってもう私たちおじさんおばはんだもの」

メニュウをまわしながら、みんなさっき寄った雀荘での勝負について話しはじめる。ドラ五がくるとは思わなかった。だの、あと三牌で緑一色だったとか。話題がミネオから離れ、私はほっとし、また同時にがっかりもする。

「あーもうほんっとに、あいつら馬っ鹿じゃないの。もう大馬鹿野郎ばっかり！」

アパートに帰り、ストッキングを脱ぎながら私は叫ぶ。テレビと向き合いゲームをしていたミネオはちらりと私をふりかえり、ビールかなんか、飲む？　と訊く。おう、飲む飲む。答えると、ゲームを待機画面にしてミネオは台所へいく。缶ビールを私に手渡し、

「だれ？　マロちゃん？　鍋島？」

訊きながらゲームに戻る。

「鍋島、律子、コマ、キヤマ。恋愛氷河期とかなんとかさあ、好き勝手言いやがって」

脱いだストッキングをまるめて放り投げ、ソファに座って私は冷えたビールを飲む。部屋は暑いほど暖房がきいている。ミネオは半袖Tシャツなのだから、トレーナーを羽織って温度を落とせばいいのに、と貧乏くさいことを思うが、面倒で私は何も言わない。テレビ画面のなかで、金髪タンクトップの男が、スーツを着こんだ敵と闘うのを眺め私は今日の飲み会の報告をする。

「だいたいね、キヤマとか律子ってのはもうすでに妄想界の住人だからね。あいつら現実の男とおつきあいなさすぎて、人ってものをわかってない。ドラマに出てくるような

かっこよくて稼ぎもいい男が、現実にカクテルに指輪仕込んで結婚申しこんでくれるって信じてんだよ、おげえっ」

「ともちゃん、何そのカクテルに指輪って」ミネオはへらへらと笑う。

「私が思うに鍋島が悪い。あの男がうろちょろしてるから、みんな疑似恋愛で満足するんだよ。鍋島がいなければしゃべる男もいないから、みんな焦るってもんなんだよ」

煙草や灰皿や鍵、ガス代金の請求書や耳掻きやボールペンののったソファテーブルから、クレンジングコットンをとり、私は顔を拭いていく。

「鍋島ってさあ、女を憎んでるとおれは思うんだけどな」

「そう！　そうなの！　私もずっとそう思ってた。あの子、自分で気づいてないけど、激しく女を嫌ってるよね」

「だからそのへんが鍋島の悲劇なんだよなあ。女としかつるまないじゃん、あいつ。そのくせ絶対恋愛にもちこまないし」

「コマちゃんは鍋島が好きなんだよね。のび太がださいぶん鍋島で我慢してるっていうか」

「のび太って彼氏だっけ」

「そうそう、あのぼんくら。性欲なさそうな。和菓子屋のぼん」

「うわっ、また負けた！　信じらんねーよ」ミネオは部屋じゅうに響き渡るような声で

叫び、あぐらをかいた自分の膝をげんこで数度叩く。リセットしてやりなおすのかと思っていると、立ち上がり、

「お茶漬けとか、食う？」

と訊く。うん、食う食う、化粧をさっぱり落とした私は笑う。暗い台所で調理をはじめるミネオの後ろ姿を私は眺める。冷蔵庫の前でしゃがみこみ、長いあいだ迷って何かをとりだし、やかんに水を入れて火にかける。何か鼻歌をうたっている。私の知らない歌だ。本当に浮気しているのかもな、とちらりと思う。若い子と遊ぶために若い子の歌を覚えたんじゃないか。

ミネオが若い子とカラオケにいったり酔ってでれでれと歩く姿は、いともたやすく想像できる。袖口のほつれたセーターやトレーナー、あまり清潔とは言い難いジーンズをいつも身につけ、髪はぼさぼさでひげもきちんと剃れず、全身から不潔感が漂う上、金も持っておらず気のきいた遊び場も食事処も知らないミネオが、女にもてるはずがないと私はタカを括《くく》っていたのだが、意外に女に好かれるたちらしい。三度の浮気はたまたま浮上しただけで、ほかにもきっと色事関係はたくさんあるんだろうと近ごろ思う。三年前や二年前は、そのことで私もずいぶん悩んだり、逆上したり、数年後にバカオとののしられると予想もせず友達一同に相談を持ちかけたりした。けれど今はそんなふうではない。もちろん、ともに暮らす恋人が、若い女とでれでれ性交しているというのはお

もしろいことではないけれど、それについて何か思うことに飽き飽きしてしまったのだ。それはね、疲れたってことなんだよ、そんな疲れた交際はやっぱりやめたほうがいいよと、キヤマたちは眉間にしわを寄せて言うけれど、そういうことでもないと私は思う。そうじゃなくて、ミネオと数度関係を持つ女の子たちは、きっとミネオを大好きになることはできても、大嫌いにはなれないだろうと思うのだ。私ほど強くは、嫌いになれないだろう。そう思うと、なんだかどうでもよくなってしまうのだ。

「ともちゃんは明太子茶漬け。おれは梅干し」

両手に碗を持ってミネオは部屋に入ってくる。ソファテーブルの上のライターやら鍵やらを床に落とし、碗を二つ並べる。私たちは床に並んで座り、ずるずるとお茶漬けをすすった。足をのばし、ミネオは器用に足の指でリモコンのボタンを押し、テレビにどこか異国の風景が映る。

「あ、世界の車窓」

ミネオは言ってテレビに見入っている。晴れた空が映り、雲を映す湖が映る。

「なんかプラズマテレビってすげえいいんだって」

ミネオは言う。湖のなかをゆっくりと雲が移動している。カットが変わり、白と青の車体が映る。

「じゃあボーナスで買うかな」

「ええっまじいっ？　うれしいなあ、それ」

「でもいくらすんのかな、プラズマテレビ」私は言う。これは嫌味だ。プラズマテレビがいくらするか私は知っている。ミネオに金額を言わせることで、それだけの金額をきみは私に支払わせるのだと自覚させようとする、これまた貧乏くさい嫌味である。

「十万くらいじゃないの」ミネオは言って汁を飲み干す。はーうまかった、とため息をつく。

　あほんだら。ちっこいサイズだって四十万はするんだよ。私は心のなかで思わずつっこみを入れ、けれど口では、

「ほんじゃ今度の休みにヨドバシいって見てみよっか」などと言いへらへら笑う。

「お、そうしようぜ」ミネオは言って、空の茶碗を流しに持っていった。私の知らない鼻歌が、仕切り戸の向こうからふたたび聞こえてくる。

　ミネオとは麻雀で知り合った。学生時代からつるんでいる麻雀仲間のだれかがミネオを連れてきた。ミネオはあまり強くなく、いつも暇にしているから、面子《メンツ》が足りないときは重宝した。負け代金をツケにするのが玉に瑕《きず》だったが、呼び出されればミネオはいつもへらへらと顔を出した。最近、律子っちやコマちゃんは、面子が足りなくてもミネオを呼ばない。負け代を払うのが私だとわかっているからだ。

　寝室に布団を敷き、目覚ましをかけて私は布団にもぐりこむ。半分あけた襖の向こう

で、ミネオはまだゲームをしている。あっちくしょう、だの、つえーよ、つよすぎるっちゅーの、などと、独り言が聞こえてくる。それを聞きながら私は目を閉じる。数秒を待たずに眠りはやってくる。

水曜日、昼近くに起きた私たちは、近所のイタリア料理屋に昼めしを食べに出かけた。向き合ってパスタをすする。私たちは神妙な顔をしてパスタを食べ続け、何もしゃべらない。隣席の女たちの会話に、じっと耳をすませているのだ。

水曜日の昼間に暇にしている人を見ると、みな自分と同様デパート勤めなのではないかと私は思う。しかし彼女たちの大声で交わされる会話から、二人とも近隣企業のアルバイトであることがわかる。今日が休みなのではなくて、二人はランチを食べにきただけなのだ。二人ともずいぶん気合いの入った格好をしている。はばかりのない大声で「モリくんはクソヤマトのことなんか相手にしねーっつーの、なのにさあなんなのあの馬鹿女。今どき試写券でつるなんてさあ」「でもモリくんいくって言ってた」「何それ、それをマナリンに言うわけえ？　マナリンもちゃんとしなよう」「べつにいーんだ試写くらい。それよかむかつくのは合コン」「あーあー合コン。マリさんもおっかしいよねえ」「てゆーか今日のマリさんの格好すさまじかったねえ」「あれモリねらい？　それともナカモトさんとの噂ほんとなのかなあ」「ノンちゃん合コン誘われた？　誘われない

よね」「誘われるわけねーべや。てゆーかあたしモリくんに嫌味言ってやろ」「いーって
そんなの、いーっていーって」と切れ目なくしゃべっている。マナリンは渡り蟹のトマトソーススパゲティを食べ、ノンちゃんは鶏と茸のクリームスパゲティを食べている。

私はカルボナーラからちらりと目を上げ向かいに座るミネオを見る。ほうれん草とベーコンスパゲティのミネオは神妙な顔をしてフォークに麺を巻きつけている。私と同じことを考えている。私は早く二人の話を検証したくてうずうずしている。

案の定、女たちが席を立つやいなや「おれ思うんだけど」タバスコを大量にかけながらミネオはぼそりと言う。

「ノンちゃんはさあ、マナリンの恋を応援しているようでいて、その実、モリくんをねらっている」

「やっぱそうだよね！」考えていたことがまったく同じだったことに興奮し私は大声を上げる。

「しかしモリくんはもてるんですな。私はね、じつはノンちゃんはすでにモリくんとやっているとみた」

「かもな。モリくんってけっこうフリーセックスかも」

「マリさんともたぶんやってるね。ナカモトさんてーのは妻帯者で、マリさん不倫街道で、そんでさみしくなって寝たんだねモリくんと」

「じゃモリくんとやってないのはマナリンだけか」

「マナリン、ちょっと少女入ってたもん。キヤマ系だね」

私たちは見ず知らずの女たちの背景を勝手に作り上げ、考察し、その後の展開を予想して楽しむ。下品な趣味だと我ながら思うが、この下品さが私とミネオの唯一の共通点であると私は思っている。友達をこきおろしたり、知らない人を無責任に考察したりして、それをまったく恥じることなく純粋に楽しめるところが。

イタリア料理屋を出ると、見事に晴れ渡っている。さっきより気温もずいぶん高い。

「小春日和」ミネオが言い、

「小春日和は秋だって」私は訂正してやる。

「なんか午後から仕事いきたくねーな」

「じゃさぼる？」

「梅とか見にいきてーな」

「梅、いいねえ。きっともう満開だよ」

「じゃいかねえ？　まじで」

「えーほんとに仕事休む？　平気？」

「平気だろいちんちくらい。梅ってどこで満開なの」

「そうだなあ、このあたりだと青梅《おうめ》。青梅っていうくらいだから梅の町でしょ」

「よっしゃ青梅いこう」

私たちは駅に向かって歩き出す。途中、ミネオは携帯電話を取り出し、午後からいくことになっていた仕事に断りの電話を入れている。午前中歯科医院にいったら親不知《おやしらず》がねじ曲がってたいへんなことになっていて、ちょっとした手術をされ、明日の午後まで安静にしていなくてはならなくなった、今も痛くて歩くこともできないと、呆れるくらい幼稚な嘘を必死でついている。背をまるめ電話をかけるミネオの後ろ姿を私は眺める。三十四歳。来月で三十五歳。この人の母親は、自分の息子が、親不知を手術して歩けないなどと言って仕事をずる休みする男に成長していると知っているんだろうかと、そんなことを思う。

電車は空いていた。私たちは並んで座り、窓の外を眺める。連なる屋根を、陽射しがちかちか光らせている。まるで海が広がっているみたいだ。向かいの席に、眠る母親と退屈した子どもが座っている。後ろ向きに座り窓に顔をつけていた子どもは、向きなおってミネオと私をじろじろ見比べている。ミネオが舌を出し寄り目をしてみせる。子どもは笑わない。じっと見ている。

「かわいくねえな」

ミネオがそっと私に耳打ちする。母親がぐらりと上体を揺らし、手にしていた子どもの帽子を落とす。子どもは座席から飛び降り黄色い帽子をかぶる。そしてふたたび私たちをじっと見る。海のような家並みを背景に、黄色い帽子もちかちか光る。

ミネオとはじめて会ったとき、かっこいいとか魅力的だとか、そんなふうには思わなくて、ただ、この人は自分と同じようなものを見てきたのではないかと思った。成長過程での立ち位置がひどく似ていたのではないかと。お調子者でだれかを笑わせるすべを考えることで毎夜過ごして小学校を卒業し、中学に入って自身の抱える暗さに気づいて愕然とし、必死に隠して人気者であろうと心を砕き、高校に上がってその暗さは諦観にすりかわり、何ごとも冷めた目で見ながら、それでも人に嫌われまいと冗談だけを言い続け、そのうち嫌われたくないという一点のみから行動するようになり、筋金入りの不良と筋金入りの優等生の双方と友達になり、中途半端に改造した制服を着て、自分は何ものかになれると信じて大学に上がり、何ものかになるはずが恋や馬鹿騒ぎに明け暮れて四年を過ごしてしまい、何ものかなんかどうでもよくなって、それでも自分が世界の中心にいると錯覚して遊び狂い、気がついたら三十歳で、今自分が何を持っていて何を持っていないのかよくわからずにただそこにいる。好きなことと嫌いなことをより分けて、極力好きなことを寄せ集める日々をただだらだらと送っている。ミネオは私と寸分違わぬところで成長してきたんだろうと思った。そうしてその印象は会うたびに確信に変わった。

なんとなくつきあいはじめてなんとなくいっしょに暮らすようになったのは、だから私にとってなんの不思議もないことだ。そこには恋につきものの華やかさも浮き足立つような甘さもなく、たとえばシャンプーが切れて銘柄も選ばず買い足すような、淡々とした日常しかなかった。私たちは互いを見つめ合って愛を語ることも恋をささやくこともなく、明日には忘れてしまう友達の悪口を言って笑い、隣り合った見知らぬ人の事情を執拗に詮索して笑う。

「なんか温泉いきたいよね」私は横に座るミネオに言う。

「温泉っていうか海いきてえな」

「海があって温泉あるとこいきたいね」

「そうすっとやっぱ夏かなあ」

「泳げたほうがいいしね」

「ともちゃん別荘買ってよ、伊豆か房総に」

「別荘ねえ、いいねえ」

私たちは遠い目をして、男の子の黄色い帽子の向こうに広がる単調な景色に見入る。

私たちはどこへいくのだろう。ふと思った。この静かに流れる空いた電車に乗って、どこへ。私たちが今目指しているのは、梅の町ではなくて、ぼわぼわした得体の知れない場所のように私には思えた。そこには別荘もないだろうし、自分たちの持ち家もない。ペットもおらず、車もない。ただ太陽だけが照っていて、雲のない空がのたりと広がっている。

うんと子どもの時分、私はどんな未来を思い描いていたのだったか。明確に思い出せないということは、きっとたいして何も考えていなかったのだろう。ただ、将来の夢だの目標だのを、書かされたり言わされたりするのがひどく苦痛だったことだけは覚えている。高校の同級生だったスーちゃんは、スチュワーデスになってアメリカ人と結婚すると言っていた。スチュワーデスにはなれなかったが実際アメリカ人と結婚した。大学のとき仲のよかったマンダは、コピーライターになるのだとよく言っていた。卒業後、有言実行で大手の広告代理店に入った。私の友達のなかで一番のお金持ちである。私はそういう友達を、何か別種の生きものを見るように見ていた。きっと彼らは、平日の昼間に電車に乗っても、目的地をたやすく思い浮かべることができるのだろう。自分はどこへいくのかなんて、子どもじみた疑問をふと感じたりはしないのだろうと思う。

窓の外にうっすら山の稜線が見えはじめる。もうずいぶん都心を離れた。

電車が停まり、ドアが開く。だれも乗ってこない。ひんやり冷たい風が吹きこんでくる。母親は熟睡から目覚める気配もなく、黄色い帽子の子どもは飽きずに私たちを見ている。私は首を傾けてミネオを見た。ミネオも同時に私を見た。

まったく同じことを言おうとしているのがわかった。結婚しようと私は言いそうになっていた。ミネオもそんなことを言いそうになっていたはずだった。大好きながら大嫌いなこの男と結婚したとしても、未来はかわらずぼわぼわした得体の知れない場所だろう。別荘も車もないに違いない。日々の細かい支払いと食事の支度と生ゴミと、ほかの女の影とつまらない嘘と安っぽいゲーム音楽と、ちいさな諍いと新鮮味を欠いた性交と多くの手に入らないものとで構成された、ごたついた場所だろう。私は今とかわらず、帰り間際にミネオがくたばっていてくれないかとひっそりと期待し、けれどミネオはごたついた場所で生産性のないゲームをやっているだろう。

私たち二人ともに欠如したたくさんのものごとのなかに、結婚観と人生観の欠如というのは歴然とあって、それはたとえば、大きな病のようなものだと私たちは思っている。ふだん、白血病のことなんか考えない。それはどこか遠いところにあって、運悪くかかってしまう人もいるが、自分の身には降りかかってこないと楽観的に信じている。結婚も人生もそれによく似た何かで、だからこそ、私たちはへらへらと日々を過ごし、この先、とか、二人の関係、とか、将来、とか、言い合わなかった。そういう気遣いを、相手と自分にしていた。

結婚においてミネオが思っていることは私と大差ないだろう。ぼわぼわした、くそおもしろくない場所を思い描いているだろう。そのことが、この電車のなかで私をひどく安心させ、気遣いの気持ちを解いたのだった。

開いていたドアは閉まり、電車は音もなくなめらかに走り出す。私たちは数秒見つめ合ったまま、結局何も言わず電車に揺られている。

「あの親、どっか具合悪いんじゃねえか」

私から目をそらしミネオが言う。

「っていうか子どももちょっとへんだと思わない？　あんなにちいさいのに、身動きひとつせず、じっと私たちを見てる。ずーっとだよ？」

「笑わしてみようか」ミネオは言い、子どもに向かって白目をむき、舌をだらんと出し、人差し指で鼻を持ち上げる。

「笑わない」

「不気味すぎる」

「あの子、なんだか鍋島に似てる」

「おれもそれ思ってた。鍋島もこういう不気味なとこあるよな」

「女嫌いっていうか人間嫌いなのかな」

「かあちゃん病気みたいにずっと寝てたらそうなるかもな」

「かあちゃんて言えばさあ、マロちゃんってマザコンだよね」

「だってあそこんちのママ、すげえぜ。会ったことある？　指に全部指輪はめて、南国の鳥みたいな色のコート着て、友達みたいなため口で話してきたと思ったら、『うそぴょーん』とかって言うんだぜ」

「うわぁ、痛い、痛い」

「年とったって感覚がないんだろうな。若いままの気分なんだろうな」

「でもキヤマとかもそうなりそうでこわい。キヤマ、カラオケであやや歌うんだもん。完コピできるってことはCD借りたってことでしょ。こわくない？　三十女が」

「年とったことわかんねえのってかなり痛いよな」

親不知手術という嘘をつく三十四歳と、そんな男を誘って梅見物にいく三十三歳の私は、自分たちを棚上げして、相変わらず友人たちを無責任にけなしまくる。

「なんか駅の間隔長くなったね」

「田舎だからな」

「梅干し売ってたら買おうね」

「かりかり梅みたいなのがいいな」

「えー、ぼってりしたほうがおいしいじゃん」

「まあ、どっちでもいいけど。うわ、唾《つば》たまってきた」

私たちは薄く暖房のきいた車内でぼそぼそとしゃべり続ける。次の停車駅でふたたびドアが開いたら、さっき言おうとしていたことを言ってみようかと私は思う。いや、言う必要もないか、とも思う。まあどっちでもいいけどと、梅干しのことみたいに思う。

突然眠っていた母親が目をさまし、寝ぼけた顔で周囲を見まわし、がばりと立ち上がる。どこ、ここどこ？　ここどこよ？　男の子の肩を揺すって訊いている。男の子はされるがままになり、黄色い帽子はふたたび通路に落ちる。あー寝ちゃった。あー寝ちゃった。ター坊なんでおこさないのよう、あーもうここ、いったいどこなのよ？　帽子を男の子にかぶせ、母親はうろうろと歩きまわっている。私たちは笑いをこらえてうつむく。ミネオの肩がふるえている。電車は次の停車駅へとゆっくりすべりこむ。窓の外、遠く、停まったままの観覧車が見えた。

あとがき

世のなかには不足恐怖症と過剰恐怖症がいる。たとえば私の母は不足恐怖症で、私の父は過剰恐怖症だった。不足を何よりおそれている母は、毎晩たくさんのごはんを用意する。たくさんの量、たくさんの品数。家族全員がおなかいっぱい食べて、なおかつ余る。ということが母を安心させるのだ。しかしそれは同時に父を恐怖させる。食べものが大量に余ることを父は嫌っていた。余ったものを捨てることに畏《おそ》れに近い罪悪感を覚えている。だから、夕食はときおり彼らの諍いを招いた。多すぎる、多すぎると父がやいやい言うものだから、母はあるとき、焼き上がった餃子を四切れ、皿にのせて出したことがある。父はぎょっとして四切れの餃子を見ていた。「今日のごはんはこれだけです」と言い放ち、台所にかけこんで笑っていた母を思い出す。

私もかつて、過剰恐怖の男と交際したことがある。母に似て不足恐怖の私は、二週間ぶんほどの食料を冷蔵庫に入れておく。そうしてはじめて安心できる。しかし過剰恐怖の恋人は、私が詰めこんだものをせっせ、せっせと食べ尽くす。終わりのない追いかけっこのようだった。

父と母は別れなかったが、私はその恋人と別れた。冷蔵庫の中身が別れの直接的原因ではないけれど、別れたとき、ふたたび満タンになり、知らぬ間に空になることのない冷蔵庫に、安らぎを覚えたのは確かだ。

本当につまらないことで私たちは愛する人と諍いを起こし、馬鹿馬鹿しい性癖や習慣が、決定的な亀裂を生むこともある。だれかを強く愛することと、冷蔵庫を空っぽにするそのだれかに苛立つことは、決して矛盾しない。遥か上空で太陽が光り輝いていても、ときとして濁った色の悪い雲に遮られ私たちに届かないのと同じように。二十代のころ、恋人は私のことを本当に愛しているのかしら？　などと思い悩んだこともあったが、最近では、愛なんて結局のところどうだっていいんじゃないかと思っている。

だれかを好きになって、相手もこちらを好いてくれて、とりあえず関係性としてはハッピーエンド。そのハッピーエンドからだらだら続くしあわせな恋人たちの日常を書いた。書きながら、また読みながら、ばっかじゃねえのこいつら、と私は思ったが、けれどページのそこここに、些細なことで恋を失ったり愛をだだんと踏みつけた私自身のばっかみたいな影がはりついている。恋愛を喜劇だと蓮っ葉《はすっぱ》にとらえたことなどただの一度もないが、書いたものはみな情けないコメディのようである。

三年にわたって、ばっかみたいな恋人たちとつきあってくださったマガジンハウスの喜入冬子さんに感謝いたします。ばっかみたいな恋人たちの話を手にとってくださった方々にも感謝いたします。どうもありがとうございました。

角田光代

解説

芦沢　央

本書の解説の依頼をもらったとき、私は反射的にメールを閉じて小さく叫び、居ても立ってもいられなくなって部屋の中をうろつき回り、しばらくしてまたパソコンの前に座って恐る恐るメールを開き直した。

私が！　角田光代さんの本の解説を！

小説家デビューする前、完全にただの一ファンとして角田光代作品を読んできた過去の自分に大声で報告したくなった。それができないことを歯がゆく思い、けれどすぐに、別に過去の自分に報告に行く必要などないのだと気づいた。

自分が書き手であろうがなかろうが、角田光代さんの作品を前にすれば、たちまち完全な一ファンに戻ってしまうのだから。

角田さんの本を開くと、いつもすぐに物語の中に引きずり込まれる。自分が何者かなんてラベルとは関係ない、もっと奥のところにいる自分の欠片たちが、口々に騒ぎ始める。この感情は知っている、この記憶はここにもある、これは私のための物語だ、と。


本書には、十一の短篇が収録されている。

描かれているのは、十一組の恋人たちだ。

それぞれに別の人生を歩んできた彼らは、出会い、同じ空間と時間を過ごすようになる中で、少しずつ相手のある部分を許せなくなっていく。

たとえば、「サバイバル」には、風呂に入らない女が登場する。

それも、少しサボりがち、というレベルではない。バリ島に行って海で遊んで、背中に藻や砂をはりつけたまま眠り、翌日もシャワーさえ浴びることなくそのまま帰国して、さらにもう一晩平気で洗わずに過ごしてしまうレベルだ。

最初はおもしろがり、「ワイルドでたのもしい感すらある」と友達にも笑って話していた男も、やがて、彼女が前に風呂に入ってから何日目か臭いでわかってしまうことに、楽しく飲んで、二人で馬鹿笑いしながらじゃれ合って、「やるには飲みすぎた」と考えた後、「せっかく風呂初日なのに」と思ってしまうような日々に、耐えられなくなっていく。

各話には、そうしたある意味「極端な人」が出てくる。

出会った記念日、キスした記念日、性交記念日、交際決定記念日、ディズニーランド記念日――と細かな記念日を延々と作り出し、そのすべてを、一緒に、特別なものとして祝いたいと願うクマコ（「昨日、今日、明日」）。好きなアーティストのCDは散々迷った挙げ句に買わないのに、買っても使いもせず、買ったことさえ忘れてしまうような流し素麺機や腹筋マシン、防毒マスクやホットサンドイッチメーカーやミャンマーの竹籠には湯水のようにお金を使うリョウちゃん（「お買いもの」）。公表していいことと悪いことの区別がつけられず、恋人の童貞喪失年齢を自宅に飲みに来た仕事仲間の前で話したり、友達の好きな人をみんなにバラしたり、店長とアルバイトの不倫について口をすべらせたりしてしまうナミちゃん（「５７５７７」）――薄めれば多くの人たちにもあるようなことを、度を越すほどに凝縮した彼らの言動は面白く、魅力的だ。

だが、だからこそ、物語が進むにつれて、そのおかしさが物悲しさへと変わっていく。どうして、この人は、このままで許してもらえないのだろう。

どうして、最初は許されていたものが、許されなくなってしまうんだろう。

「旅路」において、〈ぐずぐずと寝坊し、ベッドのなかでならんでテレビを見、昼近くに起き出して昼食をとり、のんびりと掃除をしたり洗濯をしたり〉する休日を愛していた吉男と依子は、半年以上も計画を練って楽しみにしていたはずの旅行先で互いを罵り合うようになる。

「共有過去」において、〈電気もなく、水道もなく、娯楽などいっさいない貧しい村に、突然映画館ができたような、突然テレビゲームが導入されたような、ドリンクバーのマシンがいきなり設置されたような、つまり必要以上の文明がどんどん割りこんできたみたいな、ぼくの人生にとってカナエはそういう存在だった〉と考えていたショウちゃんは、やがて万引きをやめられないカナエを不気味に感じるようになる。

彼らは、相手に気を許すからこそ、他人には見せないような姿も晒す。相手も、引っかかる部分を、できうる限り好意的に解釈して受け入れようとする。だが、時間が経ち、激情が薄れ、相容れないものが日々の生活にじわじわと入り込んでくる中で、その受け入れがたさが浮かび上がってきてしまうのだ。

「二者択一」の中に、こんな文章がある。

〈永福町ではじめた私たちの暮らしは、ドレッシングみたいなものだったと思うことがある。サラダ油に酢を入れて、ぐるぐるかき混ぜる。なかなか混じり合わない両者は、数秒でちゃんと融合しどろりと白濁《はくだく》したドレッシングになる。三十四、五年で培ってきたそれぞれの生活は、油と酢のようにくっきりと独立した何かで、両者を混ぜ合わせるにはそれ相応の気負いと行為が要る。専用泡立て器でぐるぐるかき混ぜる行為は、しかしたのしかった。譲歩も変更もたのしかった。けれど白濁したドレッシングを放置すればまたすぐに分離してしまう。譲歩も変更も、あたらしい習慣も入りこむ余地のない何かを、私たちはそれぞれ相手のなかに見つけ出してしまう〉

なんと絶妙な表現だろう。

そう、この『太陽と毒ぐも』は、ドレッシングが分離した後、互いに混ざり合わない存在として向き合わざるを得なくなった油と酢たちの物語なのだ。

そして、何が許せないのか、という詳細が書かれれば書かれるほど、なぜ許せないのか、という理由も炙《あぶ》り出されていく。

本書のあらすじを紹介する際、まず言及されるのは「許されなくなる者」のエピソードだろう。

だが、実はこの本がそれ以上に描き出しているのは、「許せなくなる側」のかなしみなのではないか。

「お買いもの」において、リョウちゃんに「使いもしないこんなものを二度と買うな、無駄金使うな、どうしても買うならあたしの目に触れさせるな、ってゆうかあんた気持ち悪い、あんたのものの買いかたは、へんだし、理解を超えてるし、病的で、気持ち悪い」と言い募ったコマッチは、リョウちゃんが宅配便の不在通知を慌てて隠す姿を見て、〈自分の金で欲しいものを欲しいように買うという行為を、どうしてあたしは許せないのか。どうして好きな男にこそこそした真似をさせてしまうのか〉と泣きたくなる。「雨と爪」において、夜中に爪を切ると親が死ぬ、服に針をとおした直後に出かけると交通事故にあう、靴下をはいたまま寝ると親の死に目にあえなくなる、と数々の迷信を呪いのように浴びせかけてくるハルっぴに嫌気が差していたミキちんは、やがて自分が、親の離婚や大学を退学しなければならなかったことや勃起不全は何か「悪いこと」をしたせいなのか、という疑念に絡め取られていることを自覚するようになる。

彼らは、恋人という最も親しい他人と深く関わっていく中で、相手と混じり合わせることができない「自分」の輪郭を知っていく。

相手の中の「どうしても許せない部分」が、自分の過去、コンプレックス、傷、そしてそれらに飲み込まれずに生き続けるためにまとってきたたくさんの鎧と関係していることに気づいていくのだ。

本書には、何とかして関係を続ける道を探る二人もいれば、別離を選ぶ二人もいる。だが、決して、自分自身とは別れることができない。

作中で「裸んぼで暮らせたら問題なかったんだろうな」という言葉が出てくるが、この物語たちは、裸んぼではいられない、過去を、痛みを、コンプレックスを、すがるものを切り離せずに着膨れながら生きていくしかない人間のかなしみを見つめた作品なのだ。

本書を読むと、普段は意識の奥底に封じ込めている自分の欠片たちが、過去の記憶を主張し始める。

まずは、本書の内容に引きずり出されるようにして、昔つき合った恋人に対して「これは受け入れられない」と思ったことが蘇る。

そして、なぜ許容できなかったのだろうという問いが、さらに幼い頃の記憶を掘り起こしていく。

母親から叱られたこと、思い出すだけで消え入りたくなる失敗、人から言われて傷ついた言葉、正しいと信じてきたことが揺らいだ瞬間——解放された小さな欠片たちの昂ぶった声を聞きながら、けれど私は、それらを封じ込めたときほどはつらさを感じない。

なぜなら、そんな愚かで、弱くて、滑稽で、情けない欠片たちに寄り添ってくれる物語が、ここにあることを知っているからだ。

（作家）

単行本　二〇〇四年五月　マガジンハウス刊
この本は二〇〇七年六月に文春文庫より刊行された
『太陽と毒ぐも』の新装版です。

文春文庫

太《たい》陽《よう》と毒《どく》ぐも

定価はカバーに
表示してあります

2021年7月10日　新装版第1刷

著　者　角《かく》田《た》光《みつ》代《よ》
発行者　花田朋子
発行所　株式会社 文藝春秋

東京都千代田区紀尾井町3-23　〒102-8008
TEL　03・3265・1211㈹
文藝春秋ホームページ　http://www.bunshun.co.jp

落丁、乱丁本は、お手数ですが小社製作部宛お送り下さい。送料小社負担でお取替致します。

印刷製本・凸版印刷

Printed in Japan
ISBN978-4-16-791722-7

（　）内は解説者。品切の節はご容赦下さい。

角田光代
これからはあるくのだ
住んでいる町で道に迷い、路上で詐欺にひっかかるといった大ボケぶりのカクタさん。騙されても理不尽な目に遭っても自らの身に起こった事件を屈託なく綴るエッセイ集。（三浦しをん）
か-32-1

角田光代
だれかのいとしいひと
どんなに好きでも、もう二度と会えない。人を好きになる気持ちがなければどんなにいいだろう。恋に不器用な主人公たちのせつなくて悲しい八つの恋の形を描く短篇小説集。（枡野浩一）
か-32-2

角田光代
空中庭園
京橋家のモットーは「何ごともつつみかくさず」……普通の家族の表と裏、光と影を描いた連作家族小説。第三回婦人公論文芸賞受賞、小泉今日子主演で映画化された話題作。（石田衣良）
か-32-3

角田光代
対岸の彼女
女社長の葵と、専業主婦の小夜子。二人の出会いと友情は、些細なことから亀裂を生じていくが……。孤独から希望へ、感動の傑作長篇。直木賞受賞作。（森　絵都）
か-32-5

角田光代
ドラママチ
私たちを幸せにするのは、結婚でも恋愛でもない……。どうしようもない男に、中途半端な仕事。単調な生活にほんの少しだけ変化を待ち望む女たち。心揺さぶる八つの短篇。（鴻巣友季子）
か-32-6

角田光代
三面記事小説
なぜ姉夫婦の家はバリケードのようになってしまったのか。妻殺害をネットで依頼した愛人の心の軌跡とは。直木賞作家が事件記事に触発されてうみだした六つの短篇小説。（市川真人）
か-32-7

角田光代
それもまたちいさな光
幼なじみの雄大と宙ぶらりんな関係を続ける仁絵。しかし、二人には恋愛に踏み込めない理由があった……。仕事でも恋愛でも岐路にたたされた女性たちにエールを贈るラブ・ストーリー。
か-32-8

（　）内は解説者。品切の節はご容赦下さい。

角田光代
ツリーハウス
じいさんが死んだ夏、孫の良嗣は自らのルーツを探るべく、祖父母が出会った満州へ旅に出る。昭和と平成の世相を背景に描く、一家三代のクロニクル。伊藤整文学賞受賞作。（野崎　歓）
か-32-9

角田光代
かなたの子
生まれなかった子に名前などつけてはいけない——人々の間に昔から伝わる残酷で不気味な物語が形を変えて現代に甦る。時空を超え女たちを描く泉鏡花賞受賞の傑作短編集。（安藤礼二）
か-32-10

角田光代
おまえじゃなきゃだめなんだ
ジュエリーショップで指輪を見つめる二組のカップル。現実とロマンスの狭間で、決意を形にする時—すべての女子の、宝石のような確かで切ない想いを集めた恋愛短編集。

か-32-11

角田光代
空の拳（上下）
雑誌「ザ・拳」に配属された空也。通いだしたジムで、天涯孤独で少年院帰りというタイガー立花と出会い、ボクシングの魅力にとらわれていく。爽快な青春スポーツ小説。（対談・沢木耕太郎）
か-32-12

角田光代
降り積もる光の粒
旅好きだけど旅慣れない。そんな姿勢で出会う人や出来事。三陸からアフリカ、パリ、バンコク。美食を楽しむ日もあれば、世界最貧国で危険を感じる。旅にまつわる珠玉のエッセイ。

か-32-14

角田光代
拳の先
ボクシング専門誌から文芸編集者となった那波田空也は、一度は離れたボクシングの世界へ近づく。ボクシングを通して本気で生きるとは何かを問う青春エンタテインメント！（中村　航）
か-32-15

角田光代
なんでわざわざ中年体育
中年たちは皆、運動を始める。フルマラソンに山登り、ボルダリング、アウトドアヨガ。インドア派を自認する人気作家が果敢に様々なスポーツに挑戦した爆笑と共感の傑作エッセイ。

か-32-16